LENI ANZINGER

Bayerischer Blues

BITTERE WAHRHEIT Endlich scheint alles rund zu laufen für die Rosenheimer Soulmusikerin Matilda Hirschvogel und ihre Mutter Rosa: Die Tochter hat eine Affäre mit dem erfolgreichen Alpenrocker Alois und die Mutter will ihren hartnäckigen Verehrer, Kriminalkommissar Münzinger, heiraten. Obendrein darf Matilda, das Kind einer weißen Mutter und eines schwarzen Vaters, endlich vor großem Publikum spielen: auf dem Rosenheimer Herbstfest. Der Auftritt ist ein voller Erfolg, bis eine alte Frau auf die Bühne stürmt, Matilda das Mikrofon aus der Hand reißt und droht, »endlich die Wahrheit zu verkünden«.

Im nächsten Moment bricht die Frau tot zusammen. Ist es Mord? Eine erste Spur führt zu Matildas Großvater, dem Rosenheimer Traditionswirt Stachus Hirschvogel. Noch ahnt niemand, dass Matildas Vater im Festzelt war. Der schwarze US-Soldat war einst im Nachbarort Bad Aibling stationiert und vor Matildas Geburt spurlos verschwunden. Nach 37 Jahren taucht er wieder auf, um »die Dinge in Ordnung zu bringen«. Was das für sie bedeutet, werden Matilda und ihre Mutter Rosa bald erfahren.

Die Autorin und Journalistin Leni Anzinger hat in Berlin, Paris und den USA gelebt und bereits für viele renommierte Medien gearbeitet. Am liebsten schreibt sie über Menschen und Orte oder entwirft Regionalkrimis. Heute lebt sie mit ihrer Familie im Landkreis Rosenheim.

LENI ANZINGER

Bayerischer Blues

Liebeskrimi

GMEINER SPANNUNG

Ausgewählt durch Claudia Senghaas

Besuchen Sie uns im Internet:
www.gmeiner-verlag.de

Im Ehnried 5, 88605 Meßkirch
Telefon 07575/2095-0
info@gmeiner-verlag.de

1. Auflage 2016

Lektorat: Claudia Senghaas, Kirchardt
Herstellung: Mirjam Hecht
Umschlaggestaltung: U.O.R.G. Lutz Eberle, Stuttgart
unter Verwendung eines Fotos von: © Michael Thaler / Shutterstock.com
und © ysbrandcosijn – Fotolia.com
Druck: CPI books GmbH, Leck
Printed in Germany
ISBN 978-3-8392-1812-9

WAS HAST DU HEUT NOCH VOR?

Matilda Hirschvogel zupfte sich den Spitzensaum ihres BHs ins Dekolleté. Er war rubinrot, extrem sexy und brandneu. Obwohl sie wie so oft knapp bei Kasse war, hatte sie 150 Euro in Dessous investiert. Alois würde »Reizwäsche« sagen, weil er eben kein Kosmopolit, sondern ein »gestandener Bayer« war. Den Begriff bezog er hauptsächlich auf seine Potenz. Gestern Abend hatte er ihre Hand auf die Öffnung seiner Lederhose gelegt und geraunt: »Das Tor zum Glück!« Es war ihr erstes Date gewesen. Ihre Freundin Karola würde den Kerl widerlich finden, weil sie für Künstler kein Verständnis hatte, nur bei Matilda machte sie seit der Grundschule eine Ausnahme. Bereits damals hatte die Freundin sie zum Singen ermutigt, während der Rest der Klasse über die »Negermusik« vom »Mohrenkopf« lachte. Matildas Vater war schwarz, was alle sahen, und verschwunden, was alle wussten. Aber sie hatte Karola an ihrer Seite. Eine Freundin genügte, um mit dem Rest der Welt fertigzuwerden.

Jetzt wartete Karola bestimmt schon auf Matildas ersten großen Auftritt in Rosenheim. Auch Alois hatte versprochen zu kommen, weil er eine Vorgruppe für seine nächste Deutschland-Tour suchte. Seit Jahren füllte er mit seiner Bläser-Combo und einem schnellen Sound große Hallen – und noch viel länger schwärmte Matilda für ihn. Ein schneller Blick auf ihr Smartphone … höchste Zeit, wenn sie rechtzeitig auf der Bühne von Hirschvogels Festzelt sein wollte.

Auf dem Fußweg der Kaiserstraße formte sich ein ungeordneter Trachtenzug: Die halbe Stadt steuerte in Dirndl und Lederhosen auf die Loretowiese zu. Matilda drängelte sich zwischen gut gelaunte Rosenheimer, bis sie von einem Herrn mit lichtem Haupthaar gebremst wurde. Er blockierte das Trottoir, um seine Begleitung zu belehren. »Unser Herbstfest ist das schönste bayrische Volksfest«, behauptete er.

»Sowieso!«, pflichtete ihm die Frau an seiner Seite bei. Ihre Absätze ließen sich in Höhenmetern messen. Vermutlich endeten sie knapp unter ihrer geistigen Vegetationsgrenze, aber trotzdem bewies sie Geografie-Kenntnisse, die sie teilen wollte. »Weißt Bussibär, wir Rosenheimer verstehen es zu leben, weil wir in der nördlichsten Stadt Italiens wohnen, obwohl das die Münchner auch von sich behaupten.«

»Die spinnen, die Münchner.«

»Großstädter halt«, pflichtete Miss High Heel bei, aber Matilda hörte Sehnsucht in der Stimme der Frau. Offensichtlich war Matilda nicht die Einzige, die sich nach mehr Stadt sehnte.

»Rosenheim ist Großstadt genug«, blaffte der Bussibär, als hätte ihn der angedeutete Größenvergleich persönlich beleidigt. »Und jetzt hältst bitte den Schnabel, damit wir uns nicht streiten. Auf dem Herbstfest zählen sowieso nur die äußeren Werte. Fesch bist in deinem neuen Dirndl!«

Versöhnlich schmatzte er ihr einen Kuss auf die Wange, aber sie wischte sich angewidert die Speichelspur weg. »Ach leck mich doch!«

Er schien es ihr nicht übel zu nehmen, sondern lachte nur derb: »Träum weiter!« Manchmal ließ sich eine Beziehungsgeschichte in zwei Sätzen erzählen.

Matilda zwängte sich zwischen den beiden durch, was nun nicht mehr schwer war. Aber leider kamen auch die neuen Vordermänner, nicht schnell voran, sondern ließen es gemütlich angehen. Entnervt wechselte Matilda auf die Straße und in einen Laufschritt. Nach einem kurzen Endspurt erreichte sie ihr Ziel: die Attrappe eines alten Stadttores, das den Haupteingang des Rosenheimer Herbstfests markierte. Jetzt war auch Hirschvogels Festzelt nicht mehr weit. Matilda sah bereits die blau-weiß gestreiften Planen leuchten und die große Menschentraube vor der Zeltöffnung. Wie jeden Abend trafen sich hier Optimisten, die daran glaubten, nach 19.00 Uhr und ohne Reservierung einen Platz im vollen Bierzelt zu bekommen. Einige waren jung, schön und schlank, was ihre Chance auf 30 Zentimeter Bierbank erhöhte. Die meisten aber trugen ausgereifte Bäuche und eine Selbstgewissheit zur Schau, die sich in drei Worten zusammenfassen ließ: »mia san mia«. Der bayrische Größenwahnsinn auf den Punkt gebracht. Matilda wollte sich diese Mannsbilder nicht als ihr Publikum vorstellen.

»Das sind gestandene Bayern, wie aus dem Bilderbuch«, erklärte ihr eine Frau, die vor dem Zelt ihre

Nikotinsucht befriedigte und Matilda aufgrund ihrer Hautfarbe wohl für eine Touristin hielt. Die Raucherin konnte nicht ahnen, dass sich auch Alois so bezeichnete, als »gestandener Bayer«, was für hochdeutsche Ohren klingen musste, als wäre er gerade umgefallen, der Bayer. Sei es drum. Sie waren in Bayern und Alois stand seinen Mann.

Alois! Hatte er eine Nachricht hinterlassen? Matilda zog ihr Smartphone aus der Dirndltasche und wurde enttäuscht. Vielleicht war er schon längst da? Sie musste endlich ins Zelt.

Versehentlich stieß sie an eine Fettreserve, die den Weg blockierte und sofort zu meckern anfing: »Egal, wie du ausschaust, mit guten Beziehungen kannst dir in Rosenheim alles erlauben.«

»Als Enkelin von einem Wiesnwirt sowieso!«, mischte sich ein Dünner ein, bevor er aufgesetzt freundlich grüßte: »Servus Matilda! Was hast du heut noch vor?«

»Musik machen!«

»Im Bierzelt?«

»Wo denn sonst?«

»Mutig! Mutig, sag ich da!« Anerkennend hob er seinen Daumen nach oben, während er seine Kinnlade nach unten klappte. Matilda schlüpfte an ihm vorbei in die satte, aufgeheizte Luft des Bierzelts.

BLASMUSIK STATT BLUESMUSIK

Hirschvogels Festzelt war eine Institution auf dem Rosenheimer Herbstfest. Matildas Großvater Stachus war der Chef, hier Wirt genannt. Wer auf seiner Bühne auftreten durfte, spielte vor großem Publikum. Über zehn Jahre hatte Matilda ihren Opa bekniet, hier mit ihrer Band auftreten zu dürfen, aber er hatte sich hartnäckig geweigert, seine Enkelin zu engagieren. Nicht einmal in der ruhigeren Mittagszeit wollte er sie spielen lassen, auch nicht umsonst. Seine Begründung: Sie müsse endlich zur Vernunft kommen. Womit er sagen wollte: Schlag dir die Musik aus dem Kopf und hilf deiner Mutter im Geschäft. Schließlich sollte Matilda eines Tages die Familienbrauerei mit Traditionswirtschaft und Wiesnzelt übernehmen. Wie es sich gehörte, zumindest für Stachus. Außerdem ging sie auf die 40 zu und war immer noch beziehungsweise wieder einmal Single. Eine schlechte Kombination und schlecht für den Ruf, fand ihr Großvater, aber was sollte er von einem Kind mit dieser Vorgeschichte verlangen?

Matildas Mutter war in Sachen Liebe und Beziehung ein schlechtes Vorbild. Erst ein uneheliches Kind und dann auch noch wählerisch bei Ersatzvätern, die sich ziemlich zahlreich anboten, eine Hirschvogel-Tochter war eben auch mit dunklem Bankert noch attraktiv. Aber Ende gut, alles gut. An Silvester würde seine Tochter Rosa endlich heiraten. Einen Einheimischen! Stachus hätte es fast nicht mehr zu hoffen gewagt – bei Rosas demonstrativer Vorliebe fürs Exotische: Erst der schwarze Amerikaner – Matildas Erzeuger –, viel später eine Affäre mit einem reichen Russen, der selbst Stachus unter den Tisch soff, und dann noch dieser Franzose, der sich über die bayrische Küche lustig machte und über Stachus, was Rosa nicht hinderte, den Kerl zu mögen. Loyalität sieht anders aus, fand Stachus. Zum Glück konnte Kriminalkommissar Klemens Münzinger den liebestollen Jaques der Vielweiberei überführen und brachte sich damit selbst wieder in die Pole-Position bei Rosa. Darauf hatte der brave Mann seit seiner Schulzeit gewartet, zumindest in seinem Herzen. Der Rest seines Körpers war gelegentlich notgedrungen seinen Bedürfnissen gefolgt, die ihn in ein Salzburger Etablissement führten.

Stachus wusste davon, weil er als Wirt alles wusste – und weil Kommissar Klemens Münzinger an der Rotlicht-Bar Schorsch Gstettner aus dem Schützenverein getroffen hatte. Schorsch suchte dort, was er daheim nicht mehr fand. Es gibt eben immer einen Ausweg. Zum Glück erkannte Rosa irgendwann, dass ihr Ausweg Klemens Münzinger hieß, worauf sie den Schulfreund zum Liebhaber beförderte. Endlich! Klemens tat ihr gut und bei seinem achten Antrag willigte sie ein. Ihr Vater war darüber fast so glücklich wie der Bräutigam. Auf Rosas Verlobungsfeier versprach Stachus, trunken vor Freude und Weißbier, seiner Enkelin Matilda einen Auftritt in Hirschvogels Festzelt, allerdings nicht ohne Bedingungen zu stellen.

»Wehe, du spielst deine Ami-Musik«, hatte Stachus sie gewarnt.

»Opa, das heißt Blues.«

»Ich sag: Blasmusik statt Bluesmusik. Hast mich! Außerdem will ich das ›Stark wie ein Tiger-Fliegerlied‹ hören, sonst ist es gleich wieder vorbei mit deiner Bühnenkarriere im Hirschvogel-Zelt. Dann bleiben dir nur noch deine damischen Urlauber, die hinter dir herlaufen.«

Matilda finanzierte ihren Lebensunterhalt, indem sie Touristen ihre Heimat zeigte. Von der Musik allein konnte sie nicht leben. Noch nicht. Morgen würde wieder eine amerikanische Reisegruppe ankommen, aber jetzt stand sie hier in dem Zelt, das ihren Nachnamen trug – oder andersherum –, und musste sich um ihren Traum kümmern: Singen ohne Geldsorgen, gerne auch mit großem Hit. Hoffentlich waren ihre Bandkollegen schon da und hoffentlich noch nicht allzu lange. Sie brauchte Rupert und Valentin nüchtern. Da sah sie die beiden schon: Ihr Gitarrist und ihr Saxophonist standen auf einer Bierbank und schwankten synchron im seitlichen Wiegeschritt hin und her. Eingehakt in eine lange Menschenkette, die gemeinsam Schwung holte, grölten sie: »Lebt denn der alte Holzmichl noch?« Nüchtern sah anders aus. Das fing ja gut an.

IN DER HÖLLE

Matildas Freundin Karola war die Einzige am Tisch der Jungs, die die Bierbank zum Sitzen nutzte. Ihr Kopf war auf Höhe von Ruperts Oberschenkel, die immer wieder dagegen schwankten. Karola hielt sich an einer Flasche Limonade fest und verdrehte gequält die Augen. Selbst auf die Entfernung konnte Matilda die dunklen Ringe darunter erkennen. Die Arme! Karola war Mutter und das bedeutete offensichtlich Selbstausbeutung. Vermutlich hatte sie seit Monaten das erste Mal wieder Ausgang durchgesetzt, weil es ihr wichtig war, Matilda zu unterstützen. Um sich selbst kümmerte sich Karola schon lange nicht mehr. Genauer: seit ihr ältester Sohn auf der Welt war, also seit sechs Jahren. Es war Matilda ein Rätsel, wie Frauen sich für Kinder entscheiden konnten. »Mit dem Herzen«, war Karolas Standardantwort, wenn sie Matilda mit ihrem Mutterglück anstecken wollte. Dabei konnte sich Matilda nur wenn es um die Musik ging auf ihr Herz verlassen. Bei zwischenmenschlichen Beziehungen, die auf dem kleinen Unterschied aufbauten, steuerte sie ihr zentraler Muskel regelmäßig ins Chaos. Apropos kleiner Unterschied, der war bei Alois ziemlich groß, aber leider war Alois nirgends zu sehen. Dafür fast alle anderen Rosenheimer, die schon wieder wissen wollten, wie es dem alten Holzmichl ging. »Er lebt noch, verdammt!«, murmelte

Matilda, aber niemand wollte es aus ihrem Mund hören. Ihre Stimme ging in dem Gegröle unter.

Vielleicht hatte die jahrelange Weigerung ihres Großvaters Stachus, sie auf die Bierzeltbühne zu lassen, doch mehr mit seinem Beschützerinstinkt als mit ihrem Erzeuger zu tun? Letzterer war ein Tabuthema im Hause Hirschvogel und Matilda rührte schon lange nicht mehr daran. Wozu auch? Sie war jetzt alt genug um ohne Vater zu leben und hatte genug andere Probleme, mit denen sie sich arrangieren musste. Die Liebe. Das liebe Geld. Und die Provinz. Ihr Großvater Stachus mochte noch so oft behaupten, »In der Provinz konzentriert sich alles auf das Wesentliche.«

Matilda sah das anders: »Mit ›Wesentlichem‹ meinst du wohl, dass es hier vor allem ums Fressen, Saufen und Sex geht, was dir als Wirt natürlich entgegen kommt. Das Ergebnis nennt sich dann bayrische Wirtshauskultur.«

»Wir Bayern haben diese Lebensart quasi erfunden.« Stachus war stolz auf seine Landsleute und ihre Errungenschaften. Obendrein lebten sie auf dem schönsten Fleckchen Erde, das der liebe Gott erschaffen hatte. »Gott mit dir du Land der Bayern.« Er kannte alle Strophen der Bayrischen Nationalhymne und stimmte sie in Diskussionen mit Matilda gelegentlich an, um sie zu ärgern.

»Die Welt hat mehr als Bayern zu bieten«, war ihre Ansicht.

»Aber mehr als Bayern braucht kein Mensch.«

Matilda schon. Trotzdem liebte sie ihre Heimat südlich von München. Immerhin florierte im Chiemgau eine Kleinkunst-Szene, die Großes hervorbrachte: Musiker wie die *Cuba Boarischen*, die es schafften, einem Ländler den Latin Groove zu verpassen und die *Neurosenheimer* mit ihrer »bayrisch neurotischen Lebensmusik«. Auch Auers Livebühne in Neubeuern war ein Grund zu bleiben. Das Programm hatte Großstadtniveau. Warum denn in die Ferne schweifen? Ihr Großvater hatte recht: Die Provinz war kein schlechtes Gelände. Zum Weinen schön obendrein. Das Alpenglühen gab es wirklich, die bayrische Postkartenidylle auch. Sobald sie auf der A8 den Irschenberg überquerte, lag ihr die Heimat zu Füßen. Anbetungswürdig. Nur, sollte sie deshalb für immer bleiben? Zumindest für die nächsten Stunden, schließlich rückte ihr Auftritt näher. Sie musste sich vorerst mit ihrem Standort arrangieren.

»Hölle! Hölle! Hölle!«, brüllten ihre angetrunkenen Kollegen auf den Bänken, was ein anderer Ausdruck für Lampenfieber sein musste. Ihr neuer Lover Alois behauptete, dieses Gefühl nicht zu kennen, selbst wenn er vor 1.000 Leuten auftrat. Er war die geborene Rampensau und nicht gerne Zuschauer. Kein Wunder, dass sie ihn im Publikum nicht entdecken konnte, und sie schaute genau. Oder hatte er sie als One-Night-Stand abgehakt? Als eine von vielen? In ihrer Kehle wurde es trocken und eng. Jetzt konnte ihr nur noch ein Naturheilmittel helfen: die bewährte Mischung aus Hopfen und Malz. Sie machte sich auf Richtung Quelle, zum Ausschank. Der Bastion ihres Großvaters. Aber wo war Stachus?

Sie suchte ihn an seinem traditionellen Stützpunkt, neben dem Seiteneingang des Festzelts. Dort ließ sein Schankmeister die Maßkrüge exakt bis zum Eichstrich volllaufen und brüllte ihr entgegen: »Dein Großvater hat sich entschuldigen lassen. Er muss etwas Wichtiges erledigen.«

»Etwas Wichtigeres, als das Herbstfest?«

»Ich hab's auch nicht verstanden«, meinte der Schankmeister. »Er hat schließlich noch nie einen Tag versäumt, der Stachus Hirschvogel.«

Matilda glaubte, den Grund zu kennen: Er boykottiert mich, dachte sie enttäuscht. Mein eigener Großvater boykottiert mich. Aber sie irrte.

DER TIGER

Stachus Hirschvogel war es gewohnt, das letzte Wort zu haben. Daran sollte auch sein Tod nichts ändern. Zum Glück waren heute alle auf dem Herbstfest und seine Wirtschaft geschlossen. Wie jedes Jahr um diese Zeit. Er und seine Tochter Rosa wurden auf der Wiesn gebraucht und sein Lokal wollte er währenddessen niemand anderen überlassen. Nur einmal hatte er eine tüchtige Bedienung gehabt, der er die Geschäftsführung des Hirschvogels am Rosenheimer Stadtplatz zugetraut hätte, aber das war lange her und an diese Person mochte er nicht mehr denken. Sonst hätte sich sein Gewissen womöglich bemerkbar gemacht und ihn mit Schuldgefühlen beim Leben gestört. Es war ohnehin zu spät, um etwas zu ändern. Wiedergutmachung gab es nicht. Freilich, er hätte beichten können, aber davon hielt Stachus wenig. Er brauchte keinen Pfarrer, er regelte die Dinge mit sich selbst und dem lieben Gott. Amen.

Er setzte sich an den Stammtisch im leeren Gastraum und spitzte zwischen Daumen und Zeigefinger seine grauen Barthaare. Es war keine Ersatzhandlung, das betonte er gerne und seine Gäste lachten darüber. Stachus Hirschvogel gehörte nicht zu den Männern, die im Gesicht ausgleichen mussten, was ihnen am Hinterkopf fehlte. Er hatte noch immer volles Haar am

Haupt und er wusste, dass ihn andere Männer in seinem Alter darum beneideten. Mit gut 80 Jahren war Stachus körperlich und geistig noch voll funktionstüchtig und entschlossen, sich das Heft und den Zapfhahn nicht aus der Hand nehmen zu lassen, schon gar nicht im letzten Moment. Leider zeichnete sich ab, dass dieser letzte Moment trotz Stachus' guter körperlicher Verfassung nicht mehr lange auf sich warten lassen würde. Er musste den Tatsachen ins Auge sehen. Nur deshalb saß er hier, anstatt im Hirschvogel-Zelt am Ausschank zu stehen. Einen Posten, den er bereits als Zehnjähriger von seinem Vater übernommen hatte. Stachus war der geborene Wirt.

Noch einmal zwirbelte er seine Barthaare. Sie waren gefestigt wie ihr Träger, was an dem einzigen amerikanischen Produkt lag, das Stachus in seinem Haus duldete und nicht als »amerikanischen Konsumterror« verteufelte. Es war ein Klassiker für Männer mit Stil, die beste Bartwichse der Welt: Lucky Tiger Mustach Wax. Dafür war er den Amerikanern dankbar. Nur dafür. Obwohl er eigentlich noch einen ganz anderen Grund zur Dankbarkeit hatte: Matilda. Aber, dass das Mädchen so gut geraten war, lag allein an ihm, ihrer Mutter und ihrer Großmutter. Ganz sicher nicht an John Williams, diesem amerikanischen Charakterschwein.

Er verachtete den Mann, der seine Tochter Rosa als junge unerfahrene Frau ins Unglück gestürzt hatte. Er war ihre erste große Liebe gewesen und der Kerl hatte es ausgenutzt: ihr die Unschuld geraubt, sie geschwängert und dann ohne ein Wort sitzen gelassen. John Williams war einfach verschwunden und Rosa musste ihre Tochter alleine großziehen.

»Ein schwarzes Kind«, empörte sich die Nachbarschaft.

»Mein Kind«, entgegnete Rosa dann gewöhnlich. Sie war stark und stolz und liebte ihre Matilda von ganzem Herzen. Sie war wie ihre Mutter, Stachus' verstorbene Frau Rosina. Wenn es darauf ankam, entschieden die Hirschvogel-Frauen mit dem Herzen. Seine Enkelin Matilda war aus diesem Holz geschnitzt. Irgendwann würde auch Matilda erkennen, was wirklich zählte, sich ihrer Verantwortung stellen und ins Familienunternehmen einsteigen. Die Hirschvogels hatten eine lange Tradition fortzuführen.

»Sakrament!«, stöhnte Stachus und schaute auf das feine weiße Büttenpapier, das vor ihm lag und noch immer auf seine letzten Worte wartete.

LINKS BEDEUTET LEDIG

Matilda konnte den Blick nicht von dem Mann auf der Bühne lassen. Er war wie ein Verkehrsunfall, bei dem sie unfreiwillig Zeuge wurde. Der Dirigent der *Haderlumpen* hielt sich am Geländer fest und suchte sein Gleichgewicht. Noch pendelte seine wuchtige Körpermitte im Zeitlupentempo von einer Seite zur anderen. Dann endlich fand sie zwischen breitgestellten Beinen die Balance. Vorsichtig löste er eine Hand, die sich den Titel Pranke ehrlich verdiente, vom Bühnenbalken und beugte sich langsam nach vorne. Als würde er missmutig über eine Balkonbrüstung blicken. Es war sein Publikum in Hirschvogels Bierzelt, auf das er herabschaute.

»Gleich kotzt er«, befürchtete Matilda. »Der ist ja blau, blau, blau wie der Enzian.«

Ihre Mutter Rosa, die im Bierzelt die Bedienungen dirigierte und zu ihrer Tochter an den Ausschank geeilt war, widersprach. »Das ist der Gschwendtner Matthias, genannt Hias. Der tut nur so, als würde er eine Maß nach der anderen wegkippen, weil er glaubt, er sei es seinem Ruf als echtes Mannsbild schuldig. In Wahrheit rührt er keinen Tropfen mehr an, seit er ein Potenzproblem hat und sein Arzt zu weniger Alkohol rät.«

»Woher weißt du das?« Matilda war immer wieder verblüfft, an welche Informationen ihre Mutter kam.

»Eine alte Schulfreundin arbeitet als Sprechstundenhilfe.«

»Na, hoffentlich lohnt sich der Verzicht.« Ein Leben ohne Bier wollte sich Matilda nicht vorstellen. In diesem Punkt erfüllte sie das bayrische Klischee liebend gerne.

»Er nimmt jetzt Viagra.« Matildas Mutter wusste wirklich alles.

Der Scheinbetrunkene auf der Bühne riss sein Bierglas vom Boden in die Luft. In Beer to go-Shops würde das Gefäß unter der Größenordnung »Extralarge« laufen. Hoffentlich nahmen sich die Bayern auch in Zukunft Zeit, ihr Bier im Sitzen zu trinken, dachte Matilda, während sie fasziniert den Haderlumpen auf der Bühne beobachtete.

Er war bereit, das Kommando zu geben, auf das alle warteten: »Die Krüge hoch!«

Das Publikum gehorchte, obwohl bereits ein leerer Maßkrug rund 1,3 Kilogramm wog, was eine volle Maß zu einem 2,3 Kilo schweren Trainingsgerät für die Armmuskulatur machte. Waren die Bayern deshalb so gut gebaut, fragte sich Matilda, wobei der einzige gut gebaute Bayer, der ihr in diesem Moment einfiel, Alois war. Der allerdings trainierte seine Muskeln in der Kletterhalle und am Felsen. Bier gab es erst hinterher zur Entspannung. Nur das Beste, sowieso. Also ein Hirschvogel. Nie würde ihr neuer Lover ein Industrieprodukt trinken, darin waren sie sich schon einmal einig. Immerhin ein entscheidender Punkt. Am Bier zeigte sich der gute Geschmack und die feinen Geister schieden sich daran.

Jetzt grölten die Einheimischen im Festzelt den zweiten Teil des Kommandos mit: »Oans, zwoa, gsuffa!« Beim finalen »Prosit der Gemütlichkeit« überlegte Matilda, ob sie die Schleife ihrer Dirndlschürze auf die richtige Seite gebunden hatte. Links bedeutete: Ich bin Single. Ihr Großvater Stachus würde sagen »ledig«. Rechts bedeutete: Finger weg. Ich bin vergeben. Was bedeutete die vergangene Nacht mit Alois? Vielleicht sollte sie die Schleife in die Mitte rücken und die traditionelle bayrische Signalsprache um eine moderne Statusmeldung erweitern: »Es ist kompliziert.« Ihrer Erfahrung nach waren das ohnehin die meisten Beziehungen, zumindest die ihren. Grund genug, sich ausnahmsweise für die Mitte zu entscheiden und zu hoffen, dass sie wirklich golden war, anstatt nur buchstäblich Mittelmaß. Sie band die Schleife über ihrem Bauchnabel.

Keine fünf Minuten später löste ihre Mutter Rosa die Schleife mit einem Ruck wieder auf.

»Hey Mama, was soll das?«

»Das du noch Jungfrau bist, nimmt dir sowieso keiner ab. Wär' ja auch traurig in deinem Alter.«

»Wie bitte?«

»Die Schürzenschleife in der Mitte getragen bedeutet: ich bin noch Jungfrau. Das solltest du eigentlich wissen. Außerdem frag ich mich, warum du schon wieder diese schrecklichen Cowboystiefel zu dem schönen Dirndl trägst. Unmöglich schaut das aus! Wie eine Touristin aus München.«

Matilda fühlte sich in ihre Kindheit zurückversetzt: Sie erinnerte sich an unzählige Auseinandersetzungen vor ihrem Kleiderschrank. Die Mutter plädierte damals für unauffällige Kleidung, während die Tochter ihrem eigenen Dresscode folgen wollte. Der lautete: Wenn schon auffallen, dann aber richtig. Dumme Sprüche musste sie sich ohnehin in jedem Outfit anhören, aber mit der Kleidung hatten sie selten zu tun. Es war ihre Hautfarbe, über die sich selbsternannte Klassenclowns lustig machten. Heute würde man es Mobbing nennen, damals sagte man: »Kinder sind halt so. Die meinen es nicht böse. Alles halb so wild. Das gibt sich wieder.« Es gab sich erst, als ihr Haudrauf-Henry seine Kunst beibrachte: das Boxen. Auch als Erwachsene profitierte sie noch von seinen Lektionen. »Befreiungsschläge sind die wichtigsten Schläge«, hörte sie ihren alten Beschützer sagen.

Ihre Mutter unterbrach ihre Gedanken, während sie Matilda eine neue Schleife auf der rechten Seite band und erklärte: »Vergeben! Zumindest für heute Abend. Zu deiner eigenen Sicherheit.« Sie zupfte ihr gebundenes Werk zurecht und erinnerte ihre Tochter daran, »dass ein Dirndl eine klare Haltung braucht«.

Vermutlich hatte sie recht, das kam häufig vor, trotzdem, vielleicht auch gerade deshalb, murmelte Matilda: »Für eine klare Haltung hast du Jahre gebraucht.«

Rosa verstand die Botschaft ihrer Tochter sofort. Sie war verletzend, anmaßend und ungerecht. Nach all den Jahren, in denen sie versucht hatte, das Beste aus der Situation zu machen, in erster Linie für ihre Tochter und erst in zweiter Linie für sich. Es war zum Heulen und sie spürte, wie Wasser in ihre Tränenkanäle floss. Ihre Tochter hatte wieder einmal Rosas empfindlichsten Punkt getroffen.

Auch Matilda bemerkte es und fügte deshalb versöhnlich hinzu: »Mama, ich freue mich, dass du Klemens heiratest. Wirklich. Er ist netter Kerl. Vermutlich der geduldigste Mann der Welt.« Sie meinte es ernst und freundlich, aber wieder klang es wie ein Angriff. Diesmal war Klemens das Ziel, ihr künftiger Stiefvater. Aus »Netter Kerl« konnte man »Notlösung« heraushören, wenn man die Ohren nur weit genug aufsperrte.

Zum Glück tauchte in diesem Moment ihr Saxophonist Valentin auf, der mit seinem leeren Bierkrug hoffnungsvoll Richtung Zapfhahn lief. Die letzten Worte hatte er mitgehört. »Nett ist die kleine Schwester von Scheiße«, kommentierte er, während sich der Schankmeister seiner erbarmte, den Krug füllte und ihn gleichzeitig als Freibierlätschn beschimpfte. Valentin dankte ihm mit einer tiefen Verbeugung. Als er sein Haupt wieder aufrichtete, stand Klemens vor ihm. Der Nette. Das war vorauszusehen. Wo Matildas Mutter war, war auch der Herr Kommissar nicht weit.

Kaum hatte Kriminalkommissar Klemens Münzinger dienstfrei, zog es ihn in die Nähe seiner Verlobten Rosa Hirschvogel. Der Mann war fast 60 und benahm sich wie ein verliebter Teenager. Doch daran gab es nichts auszusetzen. Im Gegenteil. Rosa würde im Alter garantiert nicht allein sein und Matilda sollte endlich aufhören, sich um das Liebesglück ihrer Mutter zu sorgen, aber genau das tat sie, seit sie »Wo ist eigentlich mein Papa?« fragen konnte. Als Kind spürte sie: der Mann hatte nicht nur eine Lücke im Leben ihrer Mutter hinterlassen, sondern einen tiefen Graben. Natürlich hätte

Rosa das nie zugegeben. Wenn Matilda nach ihrem Vater fragte, antwortete sie meistens: »Der macht in Amerika Musik.«

»Warum ist er nicht bei uns?«

»Weil wir ihn nicht brauchen.« Sie kämen doch wunderbar alleine zurecht, nicht wahr?

»Stimmt nicht.«

»Doch! Außerdem hat er mir das Beste dagelassen, was er zu geben hatte: dich. Und dir hat er sein musikalisches Talent vererbt.«

Auch seine Hautfarbe, auf die Matilda inzwischen stolz war. Und als sie endlich das Alter erreicht hatte, um ihren Vater zu suchen, war er kein Thema mehr, über das sie nachdenken wollte. Er hatte ihre schwangere Mutter sitzengelassen und damit ein deutliches Charakterbild von sich gezeichnet. Matilda wusste, dass ihr Großvater Stachus derselben Meinung war. Der alte bayrische Querschädel! Wenn er jetzt nur hier wäre, um ihr bei ihrem ersten Auftritt im Hirschvogel-Zelt beizustehen. Im Gegensatz zu Matilda behielt ihr Opa in jeder Situation die Kontrolle. Er war eine natürliche Autorität. Ein Alphatier wie der bayrische Löwe. Aber jetzt war es soweit. Sie musste alleine zurechtkommen. Der Löwe weilte woanders und ihre »Vorgruppe« verabschiedete sich gerade.

Der Chef der Haderlumpen brüllte von der Bühne: »Leute, jetzt kommt eine Frau, die den Rhythmus im Blut hat. Früher hat ihr Vater die Region gerockt – und Hirschvogels Tochter.« Wäre Stachus Hirschvogel im Festzelt gewesen, hätte er sich diese Bemerkung nicht erlauben dürfen. Er lachte dreckig, bevor er weitersprach. »Das Ergebnis spielt gleich für euch: Matilda Hirschvogel mit ihrer Band *Rosenheimer Ramasuri*. Bühne frei für die moderne Negerband und das Heimspiel von Stachus' Enkelin.«

Ein paar Leute im Publikum buhten. Darunter Matildas Musikerkollege Rupert. »Neger?«, wiederholte er. »Das Arschloch hol ich runter.« Und er stürzte los Richtung Bühne.

LIEBE FREUNDE UND FREIBIERLÄTSCHN

Stachus saß noch immer alleine in seinem Wirtshaus, vor einem weißen Blatt. Er hatte den Bogen Büttenpapier in Ambrosinas altem Schreibtisch gefunden. Seine verstorbene Gattin hatte Geschmack gehabt und Stil. Das adelte auch Stachus. Er hatte geschafft, wovon andere nur zu träumen wagten. Er, der Hirschvogel-Wirtsbub, hatte vor Jahrzehnten die schöne junge Gräfin von Greifenstein für sich gewinnen können. Seiner Hochwohlgeborenen wäre es nicht schwergefallen, jetzt die richtigen Worte zu finden, aber Ambrosina war nicht mehr an seiner Seite, um Stachus in entscheidenden Momenten das Richtige einzuflüstern.

Als Witwer musste er sich alleine durch die Vorbereitung seines Todes quälen. Das Büttenpapier lag vor ihm wie eine weiße Schneedecke. Es wartete auf eine Anrede und Stachus schrieb sie endlich nieder:

Liebe Familie, Freunde und Freibierlätschn – Übersetzung für die Preußen: Freibiervisagen. Es war mir ein Vergnügen, das Leben – solange es sich nicht am Stammtisch abspielte, denn dort geht die Welt zugrunde, jeder Wirt kann das bestätigen. Immer dieselben Gesichter, immer dieselben Gespräche. Was habe ich mich gelangweilt mit euch und eurem Ordnungssinn, der alles und jeden in eine Schublade stecken muss. Leider hattet ihr nur zwei große Fächer, auf dem einen stand groß und prächtig »WIR« auf dem anderen klein und schmächtig »nicht wir«. Ich habe mich in der zweiten Schublade wohler gefühlt als in der ersten, aber zum Glück hat das niemand gemerkt. Saubande! Elendigliche! Froh bin ich, wenn ich euch nicht mehr sehen muss. Hoffentlich setzt uns der Herrgott im Himmel nicht an denselben Tisch. Nichts für ungut.

Der Text gefiel ihm, trotzdem musste er ihn streichen und dafür sorgen, dass Hirschvogels Stammtisch auch nach seinem Tod die begehrtesten Sitze für Stadträte, Journalisten und Unternehmer bot. Wovon sollten Rosa und Matilda leben, wenn nicht vom Alkoholkonsum der anderen und Hirschvogels Status als gastronomische Ehrenloge der Wichtigen und der »Gschaftlhuber«? Der Hirschvogel-Stammtisch war ein Informationsknotenpunkt, dank Stachus. Schweinsbraten alleine macht nicht reich, erst recht nicht, wenn das Fleisch von glücklichen Tieren mit Auslauf und gesundem Futter stammt.

Außerdem würde seine Rede Ambrosinas Anstandsgefühl verletzten. Sie war eine ausgesprochen höfliche Dame gewesen, selbst hinter dem Tresen war sie eine Gräfin geblieben und seine Gäste behandelten sie mit Hochachtung. Ihr zuliebe musste er eleganter und charmanter formulieren, denn seine Ambrosina schaute vom Himmel auf ihn herab und nichts entging ihr. Da war sich Stachus sicher. Seit er sich selbst dem Tod so nahe fühlte, wollte er an ein Leben danach glauben. Mit seiner Gattin ließ es sich gut auf Wolken schweben, das hatte sie bereits auf Erden bewiesen. Es war himmlisch gewesen, bis ihr Lieblingspferd bockte und sie in hohem Bogen auf die harte Erde warf. Genickbruch. Wie oft hatte er sie vor dem unberechenbaren Gaul gewarnt? Aber sie wollte in dem Biest einen Freund sehen. Wie immer bereit, das Gute in Mensch und Tier zu suchen. Das kam von ihrer behüteten Kindheit. Noch am Tag ihres Todes hatte er das mörderische Vieh eigenhändig erschossen. Wozu war er Ehrenmitglied im Schützenverein? Um auf Holzscheiben zu zielen? Sicher nicht! Er nahm ein neues Blatt und zwirbelte noch einmal seinen Lucky-Tiger-Bart. Vorbei die Zeiten, in denen er sich selbst als glücklicher Tiger fühlen konnte. Aber angreifen, angreifen, das konnte er noch. Er setzte den Stift auf das Blatt.

HEUTE WAR DAS ANDERS

Vier Jahrzehnte hatten die Welt verändert, aber nicht die Abhörstation in Bad Aibling. Noch immer lagen weiße haushohe Riesenkugeln in der Wiese. Unter ihrer gespannten Kunststoffhaut verbarg sich hochsensible Technik, mit deren Hilfe die Amerikaner Informationen auffingen. Trotzdem, sie sahen aus wie Spielbälle eines Giganten. Ein paar gezielte Tritte vom Allmächtigen und sie würden über die Alpen segeln. John Williams grinste bei der Vorstellung. Welches Trikot würde der liebe Gott wohl tragen? Bayern München? Um Himmels willen! Zumindest der liebe Gott musste auf der Seite der Verlierer stehen und dem glücklosen Löwen-Team den Rücken stärken.

Die Informationsfänger waren mit Stacheldraht geschützt. Dahinter zog ein Schäferhund mit einem Herrchen in Uniform seine Runden. Als er John witterte, wurde er misstrauisch, riss sich von seinem Hundeführer los und stürmte auf den Maschendraht zu, der John von seinem ehemaligen Arbeitsplatz trennte.

»Bubi, bleib da!«, brüllte Herrchen, aber Bubi ignorierte den Befehl.

John hätte das früher nicht gewagt, einen Befehl zu ignorieren. Er lobte den Hund durch den Zaun für seinen freien Geist und es gelang ihm, das Tier zu beruhigen. Vermutlich spürte es, dass der Mann keine Angst vor ihm hatte. Als sein Chef wortlos die Leine vom Boden aufhob und Bubi fort von dem Zaungast zog, ließ er sich gehorsam abführen, um erneut seine Runden um die Lauschkugeln zu drehen. Braver, pflichtbewusster Hund.

»Hört ihr damit die Russen ab?«, wollte Rosa vor 37 Jahren von John wissen, als er sie zu einem Sommerfest in das US-Camp Bad Aibling einlud. Er speiste sein Girlfriend damals mit komplizierten Erklärungen ab, die sie am Ende wie beabsichtigt langweilten. Ihr Interesse ermüdete. Am Ende irritierte Rosa nur noch der Stacheldraht. John hatte ihn damals gar nicht wahrgenommen. Vermutlich, weil Grenzen zu seinem Leben gehörten, erst recht zu seinem Soldatenleben. Er hatte sie nie in Frage gestellt. Heute war das anders. Deshalb war er zurückgekehrt.

Langsam ging er weiter und sah sich auf dem Gelände um. Die ehemalige amerikanische Militärbasis Bad Aibling hatte sich zu einem freundlichen Geschäfts- und Wohnviertel entwickelt. Das Sperrgebiet öffnete sich: Überall wurde gebaut, meistens mit Holz. Auch jetzt, so spät am Tag. John hatte im Internet gelesen, dass hier eine »City of Wood« entstand. Eine emissionsfreie Stadt aus Holz, die mehr Energie produziert als verbraucht. Ein guter Plan, aber seine Erinnerungen fanden zwischen den Neubauten keinen Platz.

Wenigstens seine alte Basketballhalle war noch da. Davor parkte ein Kleinwagen mit dem Aufkleber »TuS

Bad Aibling Fireballs«. Die Basketballer aus Bad Aibling trainierten gerade und die typischen Geräusche drängten durch die offene Tür nach draußen: Bälle, die auf den Boden prallten, Sohlen, die quietschend bremsten, Rufe und Jubel. Am liebsten hätte John mitgespielt. Bevor die Amerikaner die Halle zum Sportplatz umfunktionierten, beherbergte sie die Flugzeuge der Nazis. Als die Amerikaner das Areal nach dem zweiten Weltkrieg besetzten, verwandelten sie es zuerst in ein Lager für Kriegsgefangene und Vertriebene. Der spätere Papst Benedikt, geboren als Joseph Aloysius Ratzinger, gehörte für kurze Zeit zu den Inhaftierten. John hatte seine Biografie gelesen, Jahre nachdem er als Soldat aus Bad Aibling abkommandiert wurde und sein Leben zu ordnen versuchte. Genauer: seine Fehler zu ordnen versuchte. Seine »Erfahrungen« verbesserte er sich innerlich, aber natürlich waren es Fehler. Plötzlich hatte er es eilig. Er musste rechtzeitig nach Rosenheim. Aufs Herbstfest. Rosa finden. Seine erste große Liebe.

KÖNNEN SIE NOCH FOLGEN?

Das Taxi wartete wie vereinbart am Eingang des ehemaligen Militärgeländes auf John. Es parkte neben einem Kindergarten. Noch bevor der Fahrer den alten Mercedes startete, packte er sein Schulenglisch aus, um seinem Passagier vorzuwerfen, die Amerikaner hätten seine Kanzlerin Frau Dr. Merkel belauscht.

»Sorry, das tut uns wirklich leid«, sagte John genervt. Er verstand die Aufregung der Deutschen nicht. »Mein Präsident hat sich dafür entschuldigt.« Damit sollte es gut sein.

Allerdings nicht für den Taxifahrer. »Ihr Amerikaner macht es euch leicht«, warf ihm dieser vor, als würde John jeden Einzelnen seiner Landsleute repräsentieren. Er verabscheute Menschen, die nicht differenzierten, vermutlich weil er früher selbst einer war. Lange Zeit ordnete er Dinge und Menschen in zwei Kategorien ein: schwarz oder weiß, gut oder schlecht. Buchstäblich. Er war schwarz. Rosa war weiß. Scheidungen waren schlecht. Versprechen zu halten immer gut. Inzwischen wusste er es besser.

Er hatte sich weiterentwickelt. Der erste Mensch, der in Deutschland davon profitierte, war der Mann hinter dem Steuer. Versöhnlich meinte John: »Es ist kompliziert und nicht einmal Amerikaner können komplizierte Dinge einfach lösen. Trotzdem versuchen wir es immer wieder. Aus gutem Grund: Im Kern ist nämlich alles einfach. Können Sie noch folgen?«

»Besser nicht«, meinte der Taxifahrer mürrisch, bevor er das Thema wechselte, vermutlich dachte er an sein Trinkgeld, aber das hatte er bereits verspielt. Der Kerl war unhöflich, sollte er dafür belohnt werden?

John schüttelte den Kopf, aber sein Chauffeur nickte jetzt.

Offensichtlich hatte er sich spontan entschlossen, an der Kundenbeziehung zu John zu arbeiten. Er setzte ein Lachen auf sein Gesicht und deutete nach hinten zu den Abhörkugeln: »Könnte auch von Christo und Jeanne-Claude sein. Weißt schon, die zwei, die den Berliner Reichstag in den 90er Jahren verhüllt haben.«

John nickte. Er assoziierte mit den weißen Abhörkugeln andere Künstler. Gleichzeitig erinnerte er sich daran, dass Bayern und Amerikaner eine entscheidende Gemeinsamkeit hatten: Sie duzten sich entspannt und demokratisch. Ob das in diesem Moment allerdings auch für seinen Chauffeur galt, bezweifelte John. »Zum Herbstfest«, wiederholte er und sein Herz schlug schneller, als der Mann endlich den Mund hielt und Gas gab.

SCHLUSS JETZT. IDIOTEN!

Matilda erwischte Rupert an den Trägern seiner Lederhose. Während er zuschlug, riss sie ihn gerade noch rechtzeitig nach hinten. Nur deshalb erreichte seine Faust nicht die Nase des Haderlumpen.

Der Dirigent grinste Matilda zum Dank breit an und wischte sich mit dem Ärmel seines Leinenhemdes Schweißtropfen von der Stirn. Im nächsten Moment wuchtete er sich in die Kampfhaltung eines Boxers und bewegte sich wie ein gedopter Tanzbär auf Rupert zu. »Was ist? Trau dich! Du Waschlappen!« Der Tanzbär hob sein Doppelkinn und halbierte es damit optisch. Das Gesicht nach oben gerichtet und die Augen nach unten blitzte er Rupert an.

Der rieb seine rechte Faust mit der linken Hand, um sie aufgewärmt wieder nach hinten zu ziehen, in die Startposition. Nur zu bereit, nach vorne zu schnellen.

Matilda musste handeln. Mit einer Drehung wirbelte sie sich zwischen die beiden Kampfhähne und drückte sie wie ein Schiedsrichter auseinander. Kraft genug hatte sie. Schließlich hielt sie sich mit Boxtraining bei Haudrauf-Henry fit. »Diese Runde geht an mich«, bestimmte sie. »Schluss jetzt. Idioten!« Wenn sich die beiden nicht beruhigten, wäre ihr erster Auftritt auf dem Herbstfest vorbei, bevor er begonnen hatte.

Das Publikum im Hirschvogel-Zelt schien eine Programmänderung jedoch zu begrüßen. Matilda sah Männer auf Bierbänke klettern und hörte einen von ihnen brüllen: »Action! Schlagt doch endlich zu!« Matilda erkannte ihren Sparkassen-Berater. Ein Wunder, dass er unter dem Gewicht seines Haargels den Kopf noch gerade halten konnte. Vermutlich waren seine Nackenmuskeln trainiert vom routinierten Herabschauen auf Menschen mit unregelmäßigem Einkommen und gelegentlichen finanziellen Engpässen. Menschen wie Matilda. Schade, dass Ruperts Faust nicht bis zu diesem schmierigen Typen reichte. Wie oft hatte sie davon geträumt, ihm selbst einen Schlag zu verpassen. Immer dann, wenn er gespielt verständnisvoll sagte: »Fräulein Hirschvogel, ich halte mich nur an die Regeln. Erfunden habe ich sie nicht.« Fräulein! Bei der letzten Begegnung hatte er ihr geraten, den Beruf zu wechseln. »Wenn sie mit Singen nicht genug Geld verdienen, also, ich mein, wenn sie keiner hören will, sollten sie vielleicht hauptberuflich als Fremdenführerin arbeiten. Da kommen wenigstens ein paar Euro aufs Konto. Es gibt doch genug Touristen, die in unser schönes Chiemgau kommen. Und solange die am Ende nicht alle dableiben wollen, ist mir das ganz recht. Ich mein, die Region profitiert davon. Sie ja auch.« Und außerdem, er meine es ja nur gut mit ihr, betonte er. Bei nächster Gelegenheit würde Matilda ihr Konto zur Raiffeisenbank verlegen, aber jetzt musste sie einen Boxkampf verhindern. Noch immer hielt sie Rupert und den Haderlumpen auf Abstand, aber langsam verloren ihre Muskeln die Spannung.

Der Haderlump spürte ihr Formtief sofort und hüpfte kampfbereit von einem Bein auf das andere. Seine Wampe folgte der Bewegung.

Rupert sah Matilda an. Es lag jetzt an ihm, welche Richtung ihre erste Vorstellung auf dem Herbstfest nehmen würde. Einen Moment schien er zu zögern, dann tat er das einzig Richtige: Er öffnete seine Faust, bot seinem Gegner die Hand an und sagte dabei ins Mikrofon: »Alles zu seiner Zeit. Heute wird Musik gemacht und am Wochenende steigen wir in den Ring. Einverstanden?«

Der Dirigent der Haderlumpen verstand sofort, was Rupert meinte: Am letzten Herbstfest-Sonntag wurde in der Ochsenbraterei geboxt. Diese Tradition gehörte zur Wiesn wie das Riesenrad. Matildas Großvater hielt es für ein Sportereignis, Matilda selbst für eine überflüssige Veranstaltung. Sie besuchte die Kämpfe nur ihrem alten Box-Coach Haudrauf-Henry zuliebe. Trotzdem war sie froh, dass sich die Männer einig wurden. Mit ein paar saftigen Beleidigungen und einem Handschlag, der das Mark aus den Knochen quetschen konnte, wurde die Sache besiegelt. Und endlich führte der Haderlump seine Musiker von der Bühne, um Platz für die *Rosenheimer Ramasuri* zu machen. Matildas Band. Showtime!

EIN ZIELSICHERER SOUND

Es war so weit. Matilda forderte ihr Publikum auf: »Pack' ma's Leute!« Dann legte sie mit ihren Jungs los. Ihre Soul-Stimme und der Sound von Rupert und Valentin verschluckten einzelne Buh-Rufe. Zielsicher zog der Rhythmus den Menschen unter die Haut.

»Sie singt ja wie Amy Winehouse, nur auf Bairisch«, staunte ihre Mutter Rosa hinter der Theke.

»Und wie Billie Holiday, Ella Fitzgerald und Bonnie Tyler. Du findest jedes Mal einen neuen Vergleich, wenn du dein Mädchen siehst«, antwortete Klemens. Er verstand Rosas Stolz und teilte ihn. Immerhin kannte er ihre Tochter, seit sie auf der Welt war und das kleine Universum der Hirschvogels zum Wanken gebracht hatte. Sein eigenes sowieso. Langfristig. Er liebte Mutter und Tochter und betrachtete sie als seine Familie, bereits lange bevor er es gewagt hatte, Rosa seine Gefühle zu gestehen. In der Rolle des treuen Freundes hatte er sich in ihr Herz vorgearbeitet und nun endlich ging sein Plan auf. Das Happy End war nahe. Er durfte die Frau, die er über alles liebte, nahezu vergötterte, heiraten. Klemens Münzinger war ein glücklicher Mann. Er nahm Rosa bei der Hand und gemeinsam bewunderten sie Matilda, wie sie die Bühne rockte.

Die beiden waren nicht die Einzigen, die Matilda keine Sekunde aus den Augen ließen. Am Zelteingang stand ein Mann, der nur deshalb nicht auffiel, weil alle zu Matilda schauten: John Williams. In diesem Moment sah er sich selbst auf der Bühne stehen. Gefangen von den Erinnerungen und ergriffen von seinem Ebenbild murmelte er: »Meine Tochter.« Das musste sie sein. Und sie hatte sein Talent geerbt. Nur ihre Stimme war besser.

DIE GRÄFIN UND DER WIRT

Nur einen Kilometer Luftlinie vom Herbstfest entfernt saß Stachus noch immer vor feinem Büttenpapier in seiner leeren Wirtschaft, aber inzwischen starrte er nicht mehr auf das leere Blatt, sondern auf die Uhr. Jetzt war es soweit: Seine Enkelin stand auf der Bühne. Hoffentlich war ihr das Publikum wohlgesonnen. Er hatte genug Erfahrung als Wirt, um zu wissen, wie schnell Stimmungen kippen konnten. Auch wenn Matilda als seine Enkelin den Status einer Einheimischen hatte und sich zu behaupten wusste, wurde selbst nach 37 Jahren noch gelegentlich hinter vorgehaltener Hand gelästert. »Man redt ja nicht, man sagt ja bloß«, zitierte er die regionaltypische Entschuldigung für Tratsch und Bosheiten aller Art. Zum Glück war Klemens Münzinger im Zelt, um Matilda und Rosa zu beschützen. Stachus zweifelte nicht an den guten Absichten des Kommissars –, nur an seinen Fähigkeiten.

Er hatte sich dem künftigen Familienmitglied anvertraut und die Indizien erklärt: das kaputte Bremskabel, der fallende Balken, sein toter Hund Händlmaier. Aber der Kommissar hatte keine Gefahr gewittert und stattdessen von Mardern, morschem Holz und Rattengift geschwafelt. Kein Wunder, dass er als Kriminalkommissar keine große Karriere gemacht hatte, aber er war gut zu seiner Tochter Rosa. Das allein zählte. Über Jahre, ach was, Jahrzehnte hatte er um sie geworben. Trotzdem. Hätte Rosa nicht einen Handwerker nehmen können, am besten einen Braumeister? Oder einen Studierten, einen Anwalt, den konnte man heutzutage immer gebrauchen. Ein Arzt wäre auch nicht schlecht gewesen. Aber Stachus hatte kein Recht, die Wahl seiner Tochter zu kritisieren. Trotzdem: Wenn schon Kriminaler, dann wenigstens einen fähigen mit Fernsehformat und zielsicheren Fäusten. War das wirklich zu viel verlangt? Stattdessen würde ein braver Beamter sein Schwiegersohn werden! »Ja mei oh mei!«, seufzte Stachus, der sich jede Woche auf den Tatort am Sonntagabend freute und seit kurzem einen neuen Favoriten hatte: Til Schweiger, der in Hamburg als Nick Tschiller ermittelte. Ein Mann der Tat, was Stachus schätzte, aber sicher nicht der ideale Schwiegersohn. Klemens war schon okay, erinnert er sich, und Til Schweiger ohnehin vergeben. Davon ging Stachus aus.

War er selbst etwa der Traum seines Schwiegervaters gewesen? Sicher nicht. Maximilian Graf von Greifenstein tobte, als ihm seine Tochter Ambrosina ihre Wahl präsentierte: den einbeinigen Stachus Hirschvogel, damals noch mit billiger Holzprothese, der nichts als eine alte Brauerei mit Wirtschaft und ein großes Mundwerk zu bieten hatte. Ambrosina musste zum äußersten Mittel greifen, um ihren Willen durchzusetzen: Sie täuschte eine Schwangerschaft vor. Die Hochzeit wurde auf dem Schloss ihrer Familie gefeiert, im so klein wie möglich gehaltenen Kreis. Ihre Schwester Senta schenkte der Braut ein Amulett mit Kräutern, dass sie vor Unglück schützen sollte und gleichzeitig Kindersegen versprach.

»Die eine Tochter wird Wirtin, die andere Hexe«, feixten die Männer am Stammtisch über den Grafen von Greifenstein und freuten sich mit Stachus, der ihnen immer großzügig die Gläser füllte und nie mit dem guten Schnaps vom Guggenbichler geizte. Ihr Wirt hatte den Adligen, der ihn einst öffentlich geohrfeigt hatte, besiegt. Ambrosina gehörte jetzt ihm. Stachus war ein Held, zumindest in seiner Wirtschaft.

Größer als sein Besitzerstolz war nur seine Liebe zu Ambrosina. Er vergötterte seine Gräfin noch heute, ihr Tod hatte daran nichts geändert. Ambrosina hätte ihrer Enkelin im Festzelt zugejubelt, während er sich zu Hause versteckte, aus Furcht vor einem Attentat, dessen Vorzeichen sein künftiger Schwiegersohn ignorierte. Wenigstens seine Schwägerin schätzte die Lage ein wie er selbst. Senta hatte ihm eine Nachricht zukommen lassen: »Meide das Herbstfest, wenn deine Enkelin auftritt.« Ausnahmsweise wollte er der hellsichtigen Hexe glauben, auch wenn Matilda ihn umsonst am Ausschank suchen und enttäuscht sein würde. Er konnte den Frauen, die er liebte, nicht gerecht werden, aber welcher Mann konnte das schon? Stachus musste nur seinen Gästen zuhören, um zu wissen, dass es auch die nächste Generation seiner Spezies nicht schaffte. Vielleicht forderten die jungen Frauen einfach zu viel? Er hatte wirklich Glück gehabt mit seiner Ambrosina, die bei allem Selbstbewusstsein wusste, welche Aufgaben die ihren waren. Sie war mit Herz und Seele Mutter. Stachus hatte in seinem Leben nicht eine Windel wechseln müssen, was sich heute kein Mann mehr erlauben konnte. Machte Babyscheiße abwischen die Männer wirklich zu besseren Vätern? Ein Mann hatte auf andere Art für seine Familie zu sorgen, fand Stachus, aber mit Rosa und Matilda konnte er darüber nicht diskutieren, nur am Stammtisch wurde er noch verstanden, zumindest von den Älteren. Er hob das Glas Richtung Himmel. »Die Zeiten ändern sich. Die Liebe bleibt. Auf dich, Ambrosina!«

Immerhin war seine Tochter Rosa für die Gastronomie geboren. Die Traditionswirtschaft Hirschvogel würde auch nach seinem Tod weiterleben und Rosa wäre bald keine ledige Mutter mehr, sondern in geordneten Verhältnissen. Wie gerne würde er die Hochzeit seiner einzigen Tochter miterleben, aber die Schatten, die ihn seit Tagen verfolgten, waren keine Einbildung, auch wenn Kriminalkommissar Münzinger das glauben wollte und seine eigene Tochter ihm zu einem Arztbesuch geraten hatte. Ihre Diagnose lautete: »Papa, deine Nerven spielen dir einen Streich.« So etwas Deppertes! Auf seine Nerven hatte er sich immer verlassen können. Der Beweis lag vor ihm. Er war imstande, seine eigene Grabrede zu verfassen.

WIR BRAUCHEN JETZT ALLE ALKOHOL

Es lief besser, als sie zu hoffen gewagt hatte. Nicht nur ihre Freundin Karola stand auf der Bank und klatschte im Rhythmus der Musik. Matilda, Rupert und Valentin hatten es geschafft: Die Leute feierten, als gäbe es kein Morgen, keine Müdigkeit und keinen Kater.

»Das ist ja besser als Karneval«, brüllte ein Kölner, als Matilda *Ein Prosit der Gemütlichkeit* anstimmte und »die Krüge hoch!« befahl. Der Jeck hob seine Maß. Er brauchte dazu beide Hände, weil er nicht wusste, wie man einen Krug anpackt. In seiner Heimat wurde Bier in Reagenzgläsern serviert.

Neben dem Kölner saß ein Mann in Tracht und hatte Erbarmen, geduldig erteilte er die wichtigste Bierzelt-Lektion zum Freundschaftspreis. Er demonstrierte den richtigen Griff: »Eine Maß muss man packen wie eine Frau, mit der ganzen Hand, mit Kraft und mit Liebe. Verstehst, was ich meine?« Der Kölner nickte und der Bayer leerte den Krug des Rheinländers bis zur Hälfte, wischte sich den Schaum von den Lippen und sagte wohlwollend: »Man hilft, wo man kann, besonders, wenn es um die Völkerverständigung geht.«

Matilda verpasste die Szene, weil Valentin auf der Bühne nörgelte: »Ich dachte, du wolltest unser Konzert nicht für Saufkommandos unterbrechen.«

»Also ich hab Durst«, meinte Rupert.

»Wenn sie das Glas hebt, hast du immer Durst.«

»Eine Maß verlangt nach Aufwärtsbewegungen, sonst macht sie schlapp. Die darf nicht zu lange stehen«, rechtfertigte sich Matilda. »Außerdem brauchen wir jetzt alle Alkohol, weil der härteste Teil des Abends ansteht: Das Fliegerlied für meinen Opa! Ich hab's versprochen.«

»Der ist doch gar nicht da«, meinte Rupert.

»Aber er wird es erfahren, wie alles.«

Rupert verstand und Valentin liebte ohnehin Bierzelthits, auch wenn er es nie zugegeben hätte. Kaum spielten sie die ersten Takte, »Ich lieg gern im Gras und schau zum Himmel rauf …«, war Matilda erstmals an diesem Abend froh, dass Alois nicht aufgetaucht war.

HEUT IST SO EIN SCHÖNER TAG

John ging in der singenden Menge des Bierzeltes unter. Eine Gruppe Frauen mit bunten Hüten hatte ihn an ihren Biertisch gezogen. Eine trug ein Schild mit der Aufschrift »Letzte Chance!« Bunte, aufgeblasene Kondome wippten auf ihrer Kopfbedeckung und stießen an Johns Nase, während sie versuchte, diesen »sexy american man« zu Schwimmbewegungen zu animieren. John tat ihr den Gefallen und ermutigte sie damit zum nächsten Schritt, den sie »Zeit zum Kennenlernen« nannte. Mit einem Griff an seine Jeans machte sie deutlich, was sie darunter verstand. »Da versteckt sich doch sicher ein Mister Big«, hoffte sie. »Sex in the city! In Rosenheim-City«, ergänzte sie ein wenig hysterisch.

John fühlte sich überrumpelt. Er wusste, dass deutsche Frauen direkt waren, diesen Charakterzug hatte er an Rosa immer besonders geschätzt, aber diese Lady ging zu weit. Also entschuldigte er sich ein zweites Mal an diesem Tag. Nach dem Taxifahrer nun bei einer offensichtlich betrunkenen Frau: »Sorry, aber ich bin schon vergeben.«

»Das passt gut, ich auch!«

Wieder wollte sie zugreifen, aber diesmal kam John eine ihrer Begleiterinnen zu Hilfe. »Lass das! Denk an deinen Zukünftigen.«

Keine gute Idee, fand die Kondomfrau.»Sei doch nicht so spießig. Ich bin gleichberechtigt, auch sexuell.«

»Das wird sich bald ändern, auch sexuell«, warnte eine andere aus der Partytruppe.

»Alles nur wegen einem Ring«, lallte es von gegenüber.

»Der ist noch das Beste daran. Vorausgesetzt er ist hochkarätig«, sagte eine junge Frau und hielt einen Diamanten hoch, der drei Jahresgehälter eines Soldaten wiegen musste.

»Planst schon deine nächste Scheidung?«, fragte eine ohne Gewicht am Ringfinger.

»Geht leider nicht. Diesmal hab ich einen Ehevertrag!«

»Scheiße! Wie kann man nur so blöd sein?«

»Nicht blöd, verliebt.« So was passiere selbst den klügsten Frauen.

»Dir hätte das nicht passieren dürfen.«

»Hab ich ahnen können, dass er mich genauso behandeln würde wie seine Ex-Frau?«

»Allerdings!«

»Am Ende bleibt eben doch nur die Freundschaft.«

»Auf die Freundschaft!«

»Auf die Liebe!«, mischte sich John ein.

»Wie bist du denn drauf?«, fragte die Braut und legte die Hand endlich brav auf den Tisch, weg von dem Ort, an dem sie »Mister Big« vermutete.

»Weißt doch, dass die Amis kitschig sind«, erklärte ihr eine Freundin.

»That comes from all your happy endings in your films«, informierte ihn die Frau mit Ring auf Englisch. Vermutlich wollte sie sicher gehen, dass er sie wirklich verstand. »Total oberflächlich«, ergänzte sie anschließend auf Deutsch.

»Superficial«, kam ihr John zur Hilfe.

»No, super ist das nicht, aber wenn Oberflächlichkeit so gut ausschaut wie du, ist es auch wurscht, dann ist es super.« Sie schob ihm einen Korb mit kleinen bunten Packungen hin, der auf dem Tisch gestanden hatte. Jetzt erkannte John den Inhalt: Kondome. »Mit Geschmack!«, wurden sie ihm angepriesen. John schüttelte den Kopf, bedankte sich und verabschiedete sich. Was die Braut nicht verkaufte, würde auf ihrem Hut als Luftballon Platz finden.

Noch hatte John nicht gefunden, was er suchte, aber er wusste, welche Richtung er einschlagen musste. Durch die Bänke steuerte er auf den Ausschank zu, um die Frau zu finden, wegen der er den Atlantik, seine Ängste und seine unglückliche Ehe überquert hatte. Da sah er sie: Rosa. Und die vergangenen Jahrzehnte wirbelten davon wie Staub im Sturm. Um nicht die Balance zu verlieren, stütze er sich an einem Tisch, ohne den Blick von Rosa zu lassen, aber sie nahm ihn nicht wahr. Sie starrte auf die Bühne, auf ihr gemeinsames Kind. Da bemerkte John den Mann an Rosas Seite. Blonde Haare, helle Haut. Er war das Gegenteil von John. Ihr Vater Stachus musste ihn für sie ausgesucht haben, aber John würde ihn verdrängen.

Es war nicht zu spät. Noch nicht. Rosa war nicht verheiratet. Nie gewesen. Für diese Information hatte er einem Detektiv viel Geld bezahlt, nachdem er im Internet keine Informationen gefunden hatte – und sich dann sofort auf den Weg gemacht. Zu ihr. Er war auf alles vorbereitet gewesen, auch auf ihren Verlobten. Trotzdem konnte er den Anblick der beiden kaum ertragen. John musste sich setzen und zwängte sich auf den Rand einer vollbesetzten Bierbank.

»Hey, was sind denn das für Manieren! Bei uns fragt man, bevor man sich dazu setzt«, motzte der Kerl neben ihm.

John entschuldigte sich ein drittes Mal an diesem Tag, während über seinem Kopf die Menschen sangen: »Heut ist so ein schöner Tag! Lalalalala.« Er war sich da nicht mehr so sicher, weil Rosa in diesem Moment Blondie küsste. John hatte sich diesen Abend anders vorgestellt. Er war es, der geküsst werden wollte. Von Rosa.

DIE KUNST GEDANKEN EINZUKOCHEN

Zu einer gelungenen Beerdigung gehörten eine gefühlvolle Grabrede und die richtige Begleitmusik für die letzte Reise. Auch darum wollte sich Stachus selbst kümmern. Wer weiß, was Matilda und Rosa für ihn aussuchen würden. Schlimmstenfalls einen amerikanischen Gospelchor, um ihm an seinem Ende die Weltoffenheit aufzuzwingen, die sie angeblich immer bei ihm vermisst hatten. Rosa warf ihm noch heute gelegentlich vor, dass er John Williams zwar in sein Gasthaus, nicht aber in seine Wohnung gelassen hatte. Ein Wirt hatte andere Grundsätze als ein Vater und Stachus konnte beides trennen. Logisch! Letzteres war eine heilige Aufgabe und er wollte nur das Beste für seine Tochter. Williams war es nicht. Wäre er sonst abgehauen, als Rosa von ihm schwanger wurde? Na also! Kein Gospelchor!, schrieb er in steilen Buchstaben aufs Papier. Er wollte auf dem Weg in den Himmel oder die Hölle nichts anderes als seine geliebten »Gstanzl« hören oder zumindest ursprüngliche bayrische Volksmusik.

Stachus überlegte, ob Preußen an seinem Grab stehen würden, denen er die alpenländische Kultur der Gstanzl erklären müsste: Die Kunst, spitze Gedanken auf vier Zeilen einzukochen, um sie dann heiß als gesungenen Reim zu servieren. Stachus gehörte zu den Meistern dieses Fachs. Wenn er sich bei Wettbewerben mit anderen Bayern in Geist, Spontanität und Stimmkraft maß, ging er oft als Sieger aus dem Saal. Er liebte diese musikalischen Duelle: Jede Strophe ein Hieb, der auf sofortige Erwiderung wartete. Die Kontrahenten sangen abwechselnd und mussten aus dem Stegreif auf den Text des Vorsängers reagieren. Es war ein verbaler Boxkampf. Da brauchst Tempo im Hirn, dachte Stachus.

Nur seine Enkelin konnte auf seinem Niveau spontan Gstanzl aus dem Kopf schütteln. Wenn Matilda amerikanischen Touristen diese Kunst erklärte, sagte sie: »Gstanzl-Sänger sind bayrische Stand-up-Comedians, die ihre Pointen singen – nach einem festen vierzeiligen Muster und selbstverständlich immer im Dialekt.«

Zum Aufwärmen suchte er ein Thema. Die Wahl fiel auf eines seiner bevorzugten Angriffsziele: die USA. Wieder dachte er an John Williams. Der Kerl hatte in der US-Abhörstation in Bad Aibling gearbeitet. Spionage unter Freunden. Wer macht denn so etwas freiwillig? Na bitte! Charakterlich niedrigstes Niveau, dieser Williams, trotzdem hatte Rosa es gewagt, John und Stachus zu vergleichen. »Du trägst doch auch Informationen vom Stammtisch in den Stadtrat«, warf sie ihrem Vater vor.

»Das ist etwas ganz anderes. Das ist Lokalpolitik«, verteidigte er sich.

»Es ist ein Abhörskandal in der Wirtschaft.« Was für eine Rechthaberin seine Tochter doch war! Manchmal verlor sie jedes Maß, darin war sie ihrer Mutter ähnlich.

Er summte die Grundmelodie eines klassischen Gstanzls und versuchte, nicht an Ambrosina zu denken, sondern an Obama. Er kritzelte das Ergebnis auf das Büttenpapier. Für seine Grabrede würde er ein neues Blatt brauchen, denn Politik war nichts für die Öffentlichkeit, die machte ein guter Wirt im Verborgenen, damit er sich in seinem Gasthaus scheinbar neutral in jede Richtung biegen konnte.

Der Obama mag die Merkel,
möcht ihr Freund immer sein,
darum hört er, was sie am Handy sagt,
und sie sagt nicht nein.

Der Hund wedelt gern,
mit dem Schwanz hin und her,
die Merkel kann das nicht,
denn der Obama ist zu schwer.

Er sang beide Strophen leise vor sich hin, ohne zu bemerken, dass er bei den letzten Zeilen eine Zuhörerin hatte. Ihr Körper war kurz und feingliedrig, alles andere an ihr war lang und grob: der schwarze Rock, der tannengrüne Mantel und der gestrickte Schal. Sie schlich in die Gaststube zum Stammtisch, bis sie hinter Stachus stand, der bei der zweiten Strophe aus dem Fenster schaute – und seine Besucherin noch immer nicht bemerkt hatte. Die Frau kramte in ihrer Tasche und folgte dabei Stachus' Blick durch die Scheibe nach draußen. Im selben Moment wie Stachus erkannte sie den Mann, der am Fenster vorbeilief und ihnen zuwinkte. Es war Heinrich, genannt Haudrauf-Henry. Die schaute irritiert. Zögerte. Überlegte. Zog ihre Hand aus der Tasche und winkte zurück. Dann räusperte sie sich und setzte sich neben Stachus. »Servus, Hirschvogel!«, begrüßte sie ihn. Der Stift fiel ihm aus der Hand, so sehr erschrak er. »Du? Hier?«

ZEIT FÜR DIE WAHRHEIT

Matilda verbeugte sich und genoss den Beifall. Es war selten, dass im Bierzelt so anhaltend applaudiert wurde. Sie hatte die Feuerprobe mit bayrischem Soul bestanden und sich mit ihrer Variante von *New York, Rio, Rosenheim* der Sportfreunde Stiller verabschiedet. Dieses Lied entwickelte sich zur heimlichen Hymne der Stadt. »Bis zum nächsten Mal!«, jubelte sie ins Mikrofon und stampfte mit ihren Cowboystiefeln einen kleinen Riverdance auf die Bühne. Rupert und Valentin hakten sich bei ihr ein und stampften mit. Der Beifall steigerte sich auf die nächste Lärmstufe. »Mei is des schee!«, schrie Matilda. So fühlte sich fliegen an, auch ohne Alois.

Sie bemerkte nicht, dass eine Frau die Bühne betrat und auf sie zuging.

Ihre Miene war ernst, entschlossen und feierlich. So zeichneten Künstler früher Jeanne d'Arc auf Leinwände, im Kampf für die gerechte Sache. Nur jünger und schöner. Aber auch die Alte hatte eine Mission, allerdings keine passende Rüstung. Ihr Trachtendirndl fand auf der dürren Figur nicht den nötigen Halt, um seine Trägerin gut aussehen zu lassen. Dafür saß jedes Haar an seinem zugeteilten Platz. Es war am Hinterkopf zu einem Knoten gebunden, aus dem sich nicht die kleinste Strähne zu lösen wagte. Eine strenge Frisur. Dagegen wirkten die abgelaufenen, ausgetretenen Haferlschuhe mit stumpfer Silberschnalle fast schon nachlässig. Matilda bemerkte den Störfall auf der Bühne erst, als ihr das Mikrofon aus der Hand gerissen wurde.

»Es ist Zeit für die Wahrheit«, bestimmte die Frau mit lauter Stimme.

Matilda wusste nicht, was sie davon halten sollte. »Kann ich Ihnen irgendwie weiterhelfen?«, fragte sie.

»Ich helf mir schon selbst. Das hab ich mein ganzes Leben lang müssen. Und du Mädel, solltest dich auf darauf einstellen. Merk dir: Auf Männer ist kein Verlass.«

»Machen Sie Witze? Hat Stachus Sie engagiert?«, hoffte Matilda auf eine einfache Erklärung.

Vielleicht war die Frau eine Gstanzl-Sängerin und sollte die Leute auf freundliche Weise zur letzten Maß auffordern, bevor der Bierhahn zugedreht wurde? Ein Einfall ihres Großvaters, um Matilda pünktlich von der Bühne zu vertreiben? Es war Stachus zuzutrauen.

Matilda war gespannt, denn dass ihre Bühnenablösung länger bleiben wollte, verriet der volle Maßkrug, den sie auf dem Boden abstellte. Ihre Hand zitterte. Sie wirkte nervös. Doch anscheinend hatte sie ihr Getränk vorschnell geparkt. Schon griff sie wieder danach. Versehentlich verwechselte sie die Krüge. Bevor Matilda sie darauf aufmerksam machen konnte, hob die Alte Matildas Krug an ihre Lippen und schluckte mehr als ein Drittel des Inhalts. Dann wischte sie sich mit ihrem Handrücken die Schaumspur aus dem Gesicht, räusperte sich und begann zu sprechen. Erstaunlicherweise wollten viele hören, was sie zu sagen hatte. Im Zelt wurde es ruhiger. Die Menschen waren neugierig, weil »Zeit für die Wahrheit« für die meisten klang wie »Zeit für einen Skandal«. Einen solchen wollte sich keiner entgehen lassen. Dass Menschen aus ihrer Rolle fielen, gehörte zu jedem echten Volksfest.

MACHTLOS GEGEN DIE LIEBE

Es war Senta, die Stachus im leeren Gasthaus überrascht hatte. Jetzt saßen sie nebeneinander und schauten gemeinsam aus dem Fenster. Haudrauf-Henry war bereits seiner Wege gegangen. Er machte sein »eigenes Ding« wie Matilda es ausdrückte. Stachus imponierte das. »Der ist in Ordnung«, sagte er mehr zu sich selbst, als zu seiner Schwägerin. Er vermied, ihr in die Augen zu sehen. Sie war ihm unheimlich. Das war nicht immer so gewesen, erst seit er sich für Ambrosina entschieden hatte. Sie ahnte nicht, dass er sich kurz zuvor mit ihrer Schwester vergnügt hatte – und sie sollte es nie erfahren. Senta hatte es versprochen, aber war ihr zu trauen? Sie war schon früher anders als andere gewesen. Irgendetwas stimmte nicht mit ihr. Welche normale Frau lebt monatelang allein in den Bergen, um im Morgengrauen Kräuter zu sammeln? Sie hätte im Schloss ihres Vaters wohnen können, aber selbst im Winter blieb sie in ihrer Hütte auf der Kampenwand. Stachus wendete das Blatt Papier auf dem Tisch. Senta sollte nicht lesen, was er geschrieben hatte, obwohl sie ohnehin das Meiste von ihm wusste.

»Vor mir kannst du nichts verbergen«, erinnerte sie ihn daran. Manche Menschen glaubten, sie hätte übersinnliche Fähigkeiten, pilgerten zu ihr auf den Berg. Meist waren es Frauen. Stachus konnte darüber nur lachen, bis sie ihn vor wenigen Wochen ungefragt vor seinem Tod gewarnt hatte. Kurz danach funktionierte sein Bremskabel nicht mehr, aber das musste er der alten Hexe nicht sagen. Vielleicht wusste sie es ohnehin. Er versuchte seine Stimme auf eine vergnügliche Tonlage zu heben, um leichthin zu fragen: »Kommst du, um mir eine große Zukunft zu prophezeien?« Er vergaß, dass sie einen speziellen Humor hatte: nämlich keinen.

»Die liegt bereits hinter dir. Wie du weißt.«

»Du hast mir Ambrosinas Liebe nie gegönnt. Vom ersten Tag an warst du eifersüchtig und es war mir nie ganz klar, ob auf mich oder auf sie.«

»Meine Schwester hatte etwas Besseres verdient als dich.« Musste sie jetzt wieder damit anfangen?

»Senta! Sakrament! Sie wollte mich und ich habe sie geliebt. Jeder ist seines eigenen Glückes Schmied. Wir waren glücklich.« Senta stieß ein bitteres Lachen aus.

»Stachus, hör' doch endlich auf, dir die Dinge schönzureden. Du hast zwei Frauen ins Unglück gestürzt.«

»Ach hab mich doch gern! Was willst du überhaupt hier?«

»Allein meiner toten Schwester zuliebe will ich dich warnen. Dein Geheimnis könnte ans Licht kommen – noch vor deinem Tod.« Sie schien nicht zu spaßen. Senta spaßte nie. Aber, was hieß hier »sein Geheimnis«? Es war auch das ihre und jetzt, da Ambrosina tot war, gab es nichts mehr zu verbergen, allerdings gab es auch keinen Grund, alte Geschichten aufzuwärmen. Sein guter Ruf über den Tod hinaus war ihm etwas Wert. Selbst wenn ihn jeder verstanden hätte: Ambrosina war so viel schöner, charmanter und umgänglicher gewesen als Senta – und alles lag so lange zurück. Es war an der Zeit, Frieden zu schließen. Er versuchte einzulenken.

»Ein Mann wie ich ist machtlos gegen die Liebe.« Das musste sie doch verstehen.

»Du verwechselst Liebe mit Triebe. Das wundert mich nicht: Gefühl und Verstand waren noch nie deine Stärken.« Das konnte sie nicht ernst meinen, oder?

»Ich habe Ambrosina geliebt«, verteidigte er sich.

»Du hast sie betrogen und nicht nur sie, doch darum geht es jetzt nicht.« Es war noch nicht allzu lange her, da hatte Senta seinen Charakter mit dem von John Williams verglichen. Seine Schwägerin kannte keine Grenzen.

»Was willst du eigentlich von mir?«, fragte er ruppig. Wieso sollte er sich von einer Frau zurechtweisen lassen, die selbst seit Jahrzehnten nur das tat, was sie für richtig hielt. Senta sah ihm in die Augen, lauernd.

»Magda ist zurück.«

Stachus fiel der Stift aus der Hand.

HIMMELHERRGOTT

Matilda wusste nicht, wie sie reagieren sollte. In Schockstarre schaute sie auf die fremde Frau, die ihren Auftritt gestört hatte und jetzt das Mikrofon in der Hand hielt. Sie räusperte sich und begann zu sprechen. »Grüß Gott! Vielleicht kennen mich einige von euch noch? Die Älteren vermutlich. Ich bin ja von hier, eine geborene Rosenheimerin. Ich bin's, die Pichlmayr Magda. Mit mir hat der Alois Hirschvogel seine Wirtschaft nach dem Krieg wieder aufgebaut, bevor er seine Gräfin geheiratet hat, anstatt mich zu nehmen. Keine gute Wahl, wenn ihr mich fragt, aber mich hat schon damals keiner gefragt. Vor allem er nicht, der Stachus Hirschvogel.« Sie schaute zu Matilda. »Ich hab bei der Hochzeit deines Großvaters bedient und bin ihm treu geblieben. Meinem Wirt. Immer war ich für ihn da, auch als seine Frau trauernd im Bett gelegen hat. Gott hab sie selig, aber ohne mich hätte dein Großvater zumachen können.«

War das Kabarett? Matilda bezweifelte es, gewarnt von dem unguten Bauchgefühl, das sich plötzlich in ihrer Mitte breitmachte.

Sie ahnte, dass sie die Frau besser zum Schweigen brachte und probierte es mit Stachus' bewährtem Trick: Wenn eine Situation im Wirtshaus brenzlig wurde, spendierte er eine Beruhigungsrunde. »Komm«, sagte sie. »Lass uns anstoßen, die Runde geht auf mich.« Schnell griff sich Matilda die unberührte Maß der Frau. Sie wollte nicht aus dem Glas trinken, aus dem sich die Unbekannte versehentlich bedient hatte. »Mund zu Mund ist ungesund«, hatte ihr ihre Großmutter Ambrosina von Kindesbeinen an eingetrichtert. »Auf dich!«, sagte Matilda und stieß ihr Glas gegen das der Frau. Wer in Tracht daherkommt, den darf man duzen, hatte ihr Stachus einst erklärt. »Bei den Bayern ist es wie bei den Schweden. Wir haben die Demokratie in der Sprache.«

»Du meinst wohl die Anarchie«, mischte sich damals Ambrosina, seine Gräfin, ein.

Matilda dachte an ihre Großmutter und spürte, wie sich ihre Tränenkanäle füllten. Sie war eine Heulsuse und musste sich sehr konzentrieren, um eine peinliche Überschwemmung zu verhindern. »Und auf Ambrosina«, fügte sie lautlos hinzu.

Die alte Frau an ihrer Seite nahm einen kräftigen Zug, und noch einen, und dann noch einen. Vermutlich wollte sie sich Mut antrinken, was mit Matildas alkoholfreiem Bier eine Herausforderung war.

»Ja, habt ihr denn keine Manieren?«, mischte sich Valentin ein und forderte die Frauen auf, auch mit ihm anzustoßen. Das brachte den ungeladenen Gast auf ihrer Bühne sichtlich aus dem Konzept. Irritiert sah sie Matildas Musiker an.

»Auf den alten Hirschvogel, der uns endlich einen Auftritt genehmigt hat«, meinte Rupert, aber da zog die dünne Frau ihr Glas zurück. »Auf den trink ich nicht«, sagte sie entschieden.

»Was hat er Ihnen denn angetan, dass Sie so böse auf ihn sind?«, fragte Valentin, der sich gerne als Frauenversteher gab.

»Was man einer jungen Frau nur antun kann«, antwortete die Alte.

»Frauen können nicht vorsichtig genug sein«, sagte Valentin, den Spruch hatte er schon oft gezogen. Meistens passte er, aber diesmal nicht.

»Das finde ich auch!«, stimmte Rupert zu, den die Frau mehr störte als interessierte. Matilda nickte mehr aus Höflichkeit, denn aus Überzeugung. Aber Rupert, hatte ein echtes Anliegen: »Wenn Frauen nicht vorsichtig genug sein können, dann frag ich mich, warum du dich ausschließlich für Deppen wie den in der ersten Reihe interessierst, Matilda.«

Der »Depp« war Alois. Jetzt sah sie ihn auch. Er war doch noch gekommen und lehnte lässig an einem Biertisch unterhalb der Bühne. Erst warf er ihr eine Kusshand zu, dann griff er sich wie zufällig an die Hose. Offensichtlich musste er etwas zurechtrücken.

»Der hat garantiert Sackläuse, so wie es den juckt«, kommentierte Rupert bissig.

»Der ist doch rasiert«, meinte Valentin. »Hoffentlich hat sich unser Dirndl nichts geholt!« Am liebsten hätte Matilda die beiden von der Bühne geschubst, aber erstens war da ein Geländer, und zweites gehörte sich das nicht. Es wäre das sichere Aus für ihre Bühnenkarriere im Hirschvogel-Zelt gewesen.

Fast hätte sie ihre Besucherin, die sich Magda Pichlmayr nannte, vergessen.

Sie verhinderte es, indem sie sich mit dem Mikrofon nach vorne drängte.

»Ist jetzt endlich eine Ruh! Ich hab was zu sagen«, unterbrach sie die drei und wandte sich dem Publikum im Festzelt zu. »Rosenheim!«, rief sie, »Zeit für die Wahrheit, Zeit für Gerechtigkeit!«

»Bravo!«, brüllte Alois von vorne, seine Augen glänzten. Alkohol?

»Nüchtern ist der nicht mehr«, erklärte Rupert von der Seite.

»Nüchtern ist der nie«, ergänzte Valentin.

Aber Alois übertönte alle. »Zeit für die Liebe!«, brüllte er und warf Matilda noch einen Kuss zu.

»Wenn Alois Liebe sagt, meint er Sex«, übersetzte Valentin und beugte sich dabei zum Mikrofon, das die Frau in der Hand hielt. Es verbreitete seine Stimme im ganzen Festzelt.

Die Rosenheimer johlten, während Magda die Schultern nach hinten zog und in der Hoffnung nach Aufmerksamkeit noch einmal Luft holte, um laut und deutlich zu formulieren: »Zeit für die Wahrheit!« Aber nun schien sich niemand mehr dafür zu interessieren. Der Bann war gebrochen. Das Stichwort Sex hatte mehr Anziehungskraft als das Wörtchen Wahrheit. Sie versuchte es trotzdem noch einmal: »Zeit für die Wahrheit, Leute, ihr müsst mir zuhören.«

»So einem leeren Hemd hört keiner gerne zu. Die Frau hat keine Bühnenpräsenz«, analysierte Valentin, als wäre sein Studienobjekt Luft. In diesem Moment löste sich ihre entschlossene Miene in einer schmerzverzerrten Grimasse auf. Dabei fasste sie sich ans Herz.

»Jetzt übertreibt sie aber«, meinte Rupert und das Publikum gab ihm recht. Die Wahrheit hatte ihre Chance bei der Masse verpasst. Die Rosenheimer wollten singen und schunkeln. Sie wollten eine Zugabe – von niemand anderem als Matilda und ihrer Band *Rosenheimer Ramasuri*. Alois schwang sich auf den Biertisch und gab den Takt vor. Er war es gewohnt, Menschenmengen mitzureißen, und im nächsten Moment schwappte die Melodie von Harry Belafontes *Matilda* wie eine Laola-Welle durch das Bierzelt. Fehlende Textkenntnis wurde durch beherztes »lalalala« ersetzt. Valentin und Rupert packten ihre Instrumente und unterfütterten den Gesang mit Gitarre und Saxophon.

Die alte Frau schaute entsetzt zu Matilda, aber die schaute entzückt ins Publikum, das unter Alois Anleitung für sie sang. Als sie zurück zur Frau schaute, wurde diese kleiner. Die Erdanziehungskraft holte sie im Zeitraffer nach unten. Als sich die Frau auf dem Boden krümmte, begriff Matilda: Das war keine Show. »Hilfe! Wir brauchen einen Arzt!«

»Madl«, ächzte die Frau. »Madl. Ich muss dir noch was sagen.« Aber ihre Stimme versagte.

»Himmelherrgott!«, rief Matilda. »Die Frau stirbt!«

WER ZUM TEUFEL IST DER VATER?

Das Leben verabschiedete sich von Magda Pichlmayr auf der Bühne des Festzelts mit einer letzten Filmvorstellung. Es war eine Wiederholung. Sie sah noch einmal den schwersten Weg ihres Lebens. Er führte sie über fünf Jahrzehnte zurück auf die Kampenwand. Gott im Himmel, wer mutete einer sterbenden Frau noch einmal ihre schwersten Stunden zu? Die lange zurückliegenden Erlebnisse liefen in Zeitlupe vor Magdas innerem Auge ab. Sie hatte das Gefühl, alles noch einmal zu erleben.

Sie spürte den eisigen Wind auf ihrer Haut und den Schnee unter ihren Füßen. Sie fühlte, wie sich ihr Innerstes zusammenkrampfte. Die Wehen hatten eingesetzt. Ihr Kind wollte geboren werden. Der Schmerz riss sie auf die Schneedecke. Warmes Wasser sickerte aus ihrem Leib, durch die Unterhose auf die Wollstrümpfe, und erinnerte sie für einen Augenblick an den Saft aus Stachus' Lenden. Der Aufstieg war in ihrem Zustand ein Himmelfahrtskommando gewesen, trotzdem hatte sie es fast geschafft. Sie war dem Gipfelkreuz nahe. Es war das größte der Bayrischen Alpen: zwölf Meter hoch. Magda war dabei gewesen, als das Kreuz feierlich eingeweiht wurde, am 26. August 1951. An diesem Tag kam ihre Konkurrentin Ambrosina mit Wehen ins Krankenhaus. Man munkelte, deren Schwester hätte mit Kräutern nachgeholfen. Jetzt setzte der Vollmond dem Kreuz einen Heiligenschein auf. Magda schöpfte Hoffnung und versuchte, wieder auf die Beine zu kommen. Sentas Hütte konnte nicht mehr weit sein. Die Hebamme hatte sich auf den Berg zurückgezogen und nur verzweifelte Frauen suchten sie dort auf. Sie war eine von ihnen gewesen, aber Senta hatte ihr die Kräuter verweigert. »Dein Kind hat eine Bestimmung«, meinte sie. Als geborene Gräfin von Greifenstein wusste die Hebamme, wie man dem Personal Befehle erteilte. Eine neue Wehe attackierte Magdas Eingeweide. Sie konnte dem Schmerz nichts entgegensetzen. Ihre heimlichen Tränen hatten in den vergangen Monaten die Kraft aus ihrer Seele gespült. Jetzt wurde ihr Innerstes zerfetzt, vom Nabel bis zu dem sündigen Ort, den sie nicht zu benennen wagte. Schließlich zwang sich der Schmerz durch ihre trockenen Lippen nach draußen. Ein tierischer Ton peitschte in die Nacht. Sie heulte wie eine Wölfin im Licht des Vollmonds und beklagte ihr Unglück. Unten im Tal schlug die Aschauer Kirchenuhr die letzte Stunde. Magda streichelte noch einmal ihren riesigen Bauch und wunderte sich, warum das Baby gleichzeitig auf zwei Seiten treten konnte. Noch waren sie und ihr Kind am Leben, aber im Mondlicht erkannte sie die Umrisse des Todesengels. Er erschien mit wehendem Mantel und Stirnlampe. »Maria, Muttergottes, steh mir bei«, betete sie, als sich die Gestalt über sie beugte und fordernd fragte: »Wer zum Teufel ist der Vater?« Magda wollte ein letztes Mal seinen

Namen aussprechen und gab ihr Geheimnis preis. Die Nacht war so kalt. Ihr war so kalt, aber der Schmerz in ihrer Mitte hielt sie am Leben. Ihre Eingeweide schienen zu zerreißen. Damals wie heute.

DIE RAMPENSAU

Ein tierischer Schrei peitschte über die Bühne. Er kam aus Magdas Mund. Sie verkrampfte, hielt ihren Bauch. Nahezu besinnungslos stöhnte sie: »Stachus«. Es war ihr letztes Wort.

Ein Mann in Lederhosen, der sich als Arzt ausgab, kniete sich neben den leblosen Körper und suchte vergeblich nach einem Puls. Obwohl der Pegel seiner Augen auf drei Maß Bier stand, schien er zu wissen, was er tat. Seine Hände versuchten mit rhythmischem Druck das Herz der Frau wieder zum Schlagen zu bringen, aber der Muskel reagierte nicht. Nun beugte sich der Mann zu ihrem Mund, um ihr seinen bierschweren Atem einzuhauchen. Unwissentlich brach er damit ein Jahrzehnte altes Gelübde: Magda hatte geschworen, sich nie wieder von den Lippen eines Mannes berühren zu lassen. Nie wieder. Ein Kuss löste eine Inflation aus, das hatte sie selbst erlebt. Am Ende war sie mittellos gewesen, in einer Zeit, in der das Jungfernhäutchen als größter Reichtum eines Mädchens galt. Der Arzt zählte und legte seine Lippen wieder auf Magdas.

Inzwischen war auch Kriminalkommissar Klemens Münzinger auf die Bühne gekommen und bewachte den Maßkrug, aus dem die Frau getrunken hatte. Ein Reflex. Man wusste ja nie. Vielleicht konnte die Spurensicherung etwas damit anfangen. »Nicht anfassen!«, fauchte er Valentin an. Der Musiker hielt Ausschau nach einem vollen Masskrug, weil ihn die Situation auf der Bühne überforderte.

»Ist schon gut. Das war meiner«, erklärte Matilda ihrem künftigen Stiefvater. Valentin dürfe sich gerne bedienen, aber Münzinger blieb hart. Der Masskrug könnte als Beweis gebraucht werden.

Auch Matildas Mutter Rosa war auf die Bühne gestürzt und sprach Kommandos ins Mikrofon: »Leute, bleibt's ruhig und haltet's den Eingang und die Wege für die Sanitäter frei.« Doch die Menschen im Bierzelt schubsten und drängelten sich um die Bühne, als wären dort soeben die Rolling Stones gelandet.

In der Tat landete dort soeben ein Star, zumindest ein regionaler. Alois Leitmoser, musikalischer Anführer der *Batzi-Bläser-Bloasn*. Matilda bemerkte ihn erst, als er ihr ins Ohr schrie: »Wir müssen die Menge beruhigen.« Er hatte einen Plan: »The show must go on. Zeit für ein Duett.«

»Rampensau«, schimpfte Valentin irgendwo von hinten.

»Keine Sorge, du darfst auch mitspielen«, antwortete Alois. »Wir müssen verhindern, dass hier Panik ausbricht.«

»Du verwechselst Panik mit Sensationslust«, berichtigte Valentin.

»Egal, die Leute brauchen Musik.« Er griff sich Matildas Gitarre und sagte: »Frankie-Boy hilft immer«. Dann stimmte er *New York, New York* an, nur dass er den Namen der Metropole durch Rosenheim ersetzte.

»Der ist größenwahnsinnig«, meckerte Rupert

unerhört, während Valentin bereits den Refrain brüllte. Matilda blieben die Töne im Hals stecken, deshalb wurde das, was Alois unter einem Duett verstand, in Wirklichkeit ein Solo. Irgendwie fühlte sich Matilda an vergangene Nacht erinnert. Zum Glück kamen in diesem Moment die Sanitäter an der Treppe zur Bühne an, gefolgt von ihrer Freundin Karola.

DAS KURZE VERGNÜGEN

Stachus war nicht mehr in der Stimmung, um seinen Abschied von der Welt vorzubereiten. Sentas unerwarteter Besuch hatte ihn irritiert. Außerdem hörte das Telefon in der Wirtschaft nicht auf zu klingeln. Er wusste schon, warum er kein Handy wollte. Anrufer konnten penetrant sein. So wie dieser. Seit zehn Minuten versuchte es der Störenfried immer wieder. Wahrscheinlich war es eine Frau. Männer fassten sich am Telefon kurz, das galt auch fürs Klingeln. Zeit für eine Lektion in Etikette – eines der Lieblingswörter seiner Ambrosina. Stachus stürzte hinter die Theke zum Telefon.

»Sakradi! Wenn ich nach zehn Mal läuten nicht abheb, hab ich nach 100 Mal erst recht keine Lust dazu«, brüllte er ins Telefon.

»Was sagst?« Pause.

»Meinen Namen hats erwähnt. Bist dir da sicher?« Pause.

»Ja mich leckst am Arsch! So ein Scheißdreck!«

Gut, dass Ambrosina ihn nicht mehr hören konnte. Noch besser, dass sie das nicht mehr erleben musste. Wie benommen schenkte sich der Wirt noch ein Hirschvogels Helles ein. Erst beim dritten Glas funktionierten seine grauen Zellen wieder und drängten ein neues Gstanzl nach außen. Diesmal spottete es über den Sänger.

Wenn die Gemahlin dich nicht mehr ran lässt,
mein Lieber sei schlau,
besorg es dir selber,
nimm keine andere Frau.

Das kurze Sekunden-Vergnügen,
kommt dich teuer zu stehen,
ein Leben lang zahlst du,
drum lass sie lieber stehen.

Magda war gegangen. Endgültig. Darauf noch ein Bier. Es war schließlich Wiesn-Zeit. »Eine Zeit zum Leben und nicht zum Sterben«, fand Stachus. Nun musste er nicht mehr befürchten, sie würde eines Tages wieder vor seiner Tür stehen. Froh war er, als er damals die schwere Holztür seiner Wirtschaft hinter ihr geschlossen hatte. Der Tod war eine saubere Lösung.

Er räumte sein Schreibzeug und seinen Aufzeichnungen vom Stammtisch und brachte sie nebenan ins Büro. Überzeugt davon, dass seine Tochter und sein Schwiegersohn, der Kommissar, bald auftauchen würden.

DIE ROSENHEIMER HALTEN ZUSAMMEN

Das Morgengrauen verdiente sich heute seinen Namen ehrlich. Matilda beobachtete durch das Fenster der Hirschvogel-Wirtschaft, wie sich die ersten Sonnenstrahlen auf dem Max-Josefs-Platz abmühten, die Nacht zu vertreiben. Noch standen dicke Nebelschwaden dem Tageslicht im Weg. Nur die Umrisse der Blumeninsel zeichneten sich bereits ab. Aber die Blüten verschlossen sich noch vor der Welt. Matilda hätte es ihnen gerne gleichgetan. Seit Stunden saß sie mit ihrem Großvater Stachus, Kommissar Klemens Münzinger und ihrer Mutter Rosa am Stammtisch des Hirschvogels. Zusammen rätselten sie, welche Wahrheit die Frau auf der Festzeltbühne verkünden wollte, die jetzt schweigend in einem Leichensack lag. Grässliche Vorstellung, fand Matilda. Stachus schien ihr Schicksal dagegen kaum zu berühren. Er erinnerte sich nur vage an eine Magda, die vor Matildas Geburt angeblich bei ihm gearbeitet hatte.

»Sie hat behauptet, sie hätte die Wirtschaft mit dir nach dem Krieg wieder aufgebaut«, appellierte Klemens an das Gedächtnis seines künftigen Schwiegervaters und ergänzte: »An so einen Menschen erinnert man sich doch.«

»Wer sagt denn, dass das stimmt«, brummte Stachus. »Ich war damals ein fescher Kerl, mir hätten viele gern geholfen.« Er korrigierte sich: »Mir haben viele geholfen. Wenn es darauf ankommt, halten die Rosenheimer zusammen.«

»Angeblich lag Ambrosina im Bett, während dir Magda half«, sagte Klemens, der den Auftritt im Bierzelt aufmerksam verfolgt hatte.

Stachus haute mit der Faust auf den alten Eichentisch, zwischen eingetrocknete Soßenflecken und Bierränder. Er sah aus, als hätte er lieber ins Gesicht des Kommissars geschlagen. »Ambrosina musste sich erholen. Drei Fehlgeburten und dann eine Totgeburt, welche Frau steht da noch hinter der Theke?«

Matilda wusste von ihrer Tante Senta, dass Ambrosina damals allen Lebensmut verloren hatte, heute würde die Diagnose vermutlich Depression lauten. Erst das Baby Rosa, Matildas Mutter, holte sie wieder ins Leben zurück. Offensichtlich hatte Stachus das Gefühl, er müsse seine verstorbene Frau verteidigen.

Auch wenn ihn das ehrte, fand Rosa die Reaktion übertrieben. Überhaupt benahm sich ihr Vater heute seltsam. Wenn sie es sich genau überlegte, war er schon seit Tagen nicht mehr derselbe. Andererseits war er das seit dem Tod ihrer Mutter nicht mehr. Neu war, dass er abends drei Mal prüfte, ob die Wirtshaustür auch wirklich verschlossen war. Außerdem traute er sich kaum mehr aus dem Haus und wenn, dann drehte er sich ständig um, als würde er damit rechnen, verfolgt zu werden. Selbst den Herbstfest-Auftritt seiner Enkelin hatte er verpasst. Sie musste dringend mit ihm reden, ohne Klemens. Zwar gab Stachus vor, ihren Verlobten zu mögen, aber Rosa wusste: Im Grunde war ihm keiner gut genug. So sehr er all die Jahre auf »geordnete Verhältnisse« gepocht hatte, so dankbar war er, dass Rosa nie sein Haus verlassen hatte, sondern nur ein Stockwerk höher gezogen war. Er selbst wohnte direkt über der Wirtschaft. Nach der Hochzeit sollte auch Klemens in das alte Gebäude ziehen.

Nur Matilda hatte sich räumlich von der Familie entfernt. Zumindest einen knappen Kilometer. Sie wohnte auf der anderen Seite des letzten verbliebenen Stadttors. Ein kleiner Fußmarsch über den Max-Josefs-Platz, durch das Mittertor und schon war man am Ludwigsplatz, ihrer neuen Adresse. Sie behauptete, dort gäbe es die besten Brezen weit und breit und Gleiches gälte für Semmeln und Brot. Der große Bäckermeister hieß Wolter und ihr fiel beim Gedanken an ihm auf, wie groß ihr Hunger war. Es war ihr Magen, der knurrte. Hörbar für alle.

»Da sitzt man in einer Wirtschaft und zum Essen gibt es nichts«, beschwerte sich Klemens scherzhaft, aber niemand ging auf seine Bemerkung ein.

Selbst Matilda nicht, die noch immer aus dem Fenster starrte. Sie war erschöpft und wollte nicht mehr an die Frau denken, sondern endlich aufbrechen. In ein paar Stunden musste sie aufstehen, um eine neue Reisegruppe zu übernehmen. »Ich geh jetzt«, kündigte sie an und erhob sich. Klemens bestand darauf, sie auf dem kurzen Heimweg zu begleiten.

Seite an Seite gingen sie über den historischen Rosenheimer Marktplatz mit seinen prächtigen Bürgerhäusern. »Da sieht man, dass unser Oberbürgermeister eine

Frau ist«, lobte Klemens die malerische Kulisse wie ein Stadtführer und zeigte auf die Pflanzkästen. Im nächsten Moment wurde er ernst: »Matilda, du musst gut auf dich aufpassen. Vielleicht hatte die Frau keine Herzattacke. Morgen, also heute Nachmittag, wissen wir hoffentlich mehr.«

»Was hat die Diagnose mit mir zu tun?«

»Hoffentlich nichts.«

»Die arme Frau wollte mir nichts Böses. Ich hab sie ja nicht einmal gekannt.«

»Aber vielleicht hatte es jemand auf sie abgesehen oder auf …«, er pausierte, bevor er anfügte: »Wir lassen das Bier untersuchen, immerhin hat sie aus deinem Maßkrug getrunken.«

»Mich hat schon lange niemand mehr belästigt oder bedroht«, log Matilda.

DANKE, LIEBER GOTT

John war den beiden gefolgt: seiner Tochter Matilda und dem blonden Mann, der Rosa geküsst hatte. Jetzt beobachtete er, wie der an der Tür auf Matilda einredete, bevor er sich von ihr verabschiedete. Als sie hinter der Haustür verschwand, ging der Blonde ein paar Schritte zurück und blieb mit Blick auf das alte Gebäude stehen. Erst als Matilda im dritten Stock aus dem Fenster winkte, schien ihr Begleiter beruhigt, doch kaum war sie hinter dem Vorhang verschwunden, zog er sein Smartphone aus der Tasche. John war zu weit entfernt, um ihn verstehen zu können, aber die Worte »Streife« und »inoffizieller Polizeischutz« flogen bis zu seinem Versteck hinter einer Betonsäule, vor einem Schokoladengeschäft. *Mahonie Süßmeisterei*, stand an dem Laden. Ob Rosa noch immer so gerne Süßes aß? Er würde es herausfinden, wenn seine Tochter in Sicherheit war. Der blonde Mann jedenfalls war als Personenschützer ungeeignet. Und so einer wollte auf seine große Liebe und seine Tochter aufpassen? Gut, dass er endlich hier war. John bekreuzigte sich und dankte dem lieben Gott.

MADL, ICH MUSS DIR ETWAS SAGEN

Der Morgen graute noch immer, als Matilda endlich in ihrem Bett lag. Zwischen Wach- und Traumzustand fragte sie sich, welche Wahrheit diese Magda auf der Bierzeltbühne verkünden wollte. Eine Ahnung breitete sich in ihrem Unterbewusstsein aus: Diese Wahrheit hatte etwas mit ihr zu tun. In ihrem Kopf klangen die letzten Worte der Frau nach: »Madl, ich muss dir etwas sagen.« Aber was? Mit dieser Frage glitt Matilda in einen unruhigen Schlaf. Morgen musste sie wach sein, für ihren Brotjob als Reiseführerin. Wie schade, dass Alois nicht neben ihr lag. Sie hatte gestern leider keine Zeit mehr für ihn gehabt. Nach einem Todesfall auf der Bühne bleibt eben keine Zeit mehr für eine Aftershow-Party. Wusste er eigentlich, wie leid ihr das tat? Sie musste es ihm dringend mitteilen. Im Halbschlaf griff sie noch einmal nach ihrem Telefon. Da war eine Nachricht, allerdings nicht von ihrem neuen Lover, sondern von Karola. Plötzlich war Matilda wieder hellwach.

Ihre Freundin behauptete, sie hätte Alois gestern dabei beobachtet, wie er sich noch auf dem Weg aus dem Bierzelt Ersatz organisiert hatte: Eine Frau, die Kondome auf dem Kopf trug und offensichtlich ihren Jungfrauen-Abschied feierte. Laut Karola wollte sie kurz vor der Eheschließung noch einen »Mister Big« abschleppen und machte Alois massiv an. Diese Braut hatte definitiv einen guten Riecher, Alois war ein »Mister Big«. Ihrer! Wenn die Dinge sich so entwickelten, wie Matilda es sich erhoffte. Sie versuchte ihn zu erreichen. Vergebens. An Schlaf war jetzt nicht mehr zu denken, aber es war zu früh, um Karola aufzuwecken.

EINE KLEINE WELT

Zwei Stunden später rief sie bei ihrer Freundin an. Karola klang gestresst. Der Anruf störte. »Rushhour am Morgen«, entschuldigte sie sich, während sie ihren Kindern Kakao anrührte und gleichzeitig ihrem Gatten den Weg zu den gebügelten Hemden erklären musste. Matilda lauschte dem Chaos durchs Telefon, während sie selbst gemütlich vor einer Tasse Kaffee saß. Wie schön sie es doch hatte! Sie goss großzügig Milch in das intensive Braun ihres Getränks, bis es die richtige Färbung hatte, rührte ein wenig und wartete darauf, dass Karola mit ihren familiären Dienstleistungen fertig war und von gestern Nacht erzählen konnte: von der Frau mit den Kondomen auf dem Kopf. »Ein völlig hysterisches Weibsbild«, urteilte die Freundin. »Die hat sich aufgeführt, als würde sie nicht vor den Altar treten, sondern ins Kloster verbannt werden. Sie wollte ganz offensichtlich Sex. Peinlich.«

»Vielleicht hat sie geahnt, dass in einer gewöhnlichen Ehe die Beischlafquote ungewöhnlich schnell sinkt«, scherzte Matilda, die glauben wollte, dass Alois alleine nach Hause gegangen war. Immerhin hatte er ihr zum Abschied ins Ohr geflüstert, dass sie in seinem Bett fehlen würde. Bevor Klemens und ihre Mutter sie ins Schlepptau genommen hatten, zur Familienkonferenz an Stachus' Stammtisch.

»Verzweifelte Frauen sind genauso unerträglich wie notgeile Kerle. Sie ergänzen sich prächtig«, bemerkte Karola säuerlich.

»Hauptsache, es knallt. Andere wären froh darüber«, konterte Matilda und bedauerte ihre geschmacklose Anspielung sofort, noch bevor Karola »Scheiße!« brüllte und auflegte. Irgendetwas war auf den Boden geknallt, vielleicht der Kakao? Es war noch nicht lange her, da hatte sich Karola bei Matilda im Vertrauen über die Sexflaute im Ehebett beklagt. Aber deshalb durfte man doch wohl noch einen Witz machen? Nein, durfte man nicht. Matildas Gewissen begann an ihr zu nagen. Sie raunzte ein »verstehst auch keinen Spaß mehr« in die telefonische Sackgasse und wischte ihr Gewissen mit einer fahrigen Handbewegung vom Tisch. Leider traf sie dabei die Kaffeetasse, die mit Schwung auf die Fliesen ihrer kleinen Küche krachte und weitflächig hellbraune Spritzer verteilte. Nur das Gewissen stand noch breitbeinig da und sah Matilda vorwurfsvoll an. Zumindest fühlte es sich so an. Jetzt war es an ihr, laut »Scheiße!« zu brüllen. Ein manierlicheres Wort fiel ihr in solchen Situationen nie ein. Wozu auch.

Sie holte ein Rolle Klopapier und beseitigte die Spuren. Vermutlich kniete auch Karola gerade am Boden, allerdings mit einer professionellen Putzfrauen-Ausrüstung. Matilda wurde wütend und lenkte die Wut auf ihre Freundin. Hinter Karolas penetrantem Misstrauen Alois gegenüber steckte System. Sie hatte an jedem von Matildas Männern etwas auszusetzen, seit sie selbst verheiratet war. Wenn es sich Matilda genau überlegte, glich ihre Freundin in diesem Punkt zunehmend ihrem Großvater Stachus. Karola schien vergessen zu haben, dass es ein Leben außerhalb von Küche, Kirche und Kindergarten gab. Die Welt ihrer Freundin war klein geworden und ihr Geist hatte sich den Verhältnissen angepasst. Wenn Karola behauptete, sie kümmere sich gerne um ihren Mann, die beiden Kinder und den Haushalt und es fehle ihr an nichts, fühlte sich Matilda belogen. »Ich habe eben andere Prioritäten im Leben als du«, versicherte ihr die Freundin dann regelmäßig. Ihr Leben sei vielleicht enger, aber dafür auch tiefer geworden. »Du solltest andere Lebensweisen respektieren«, plädierte sie an Matildas Toleranz. Zu recht. Bei nächster Gelegenheit wollte sie sich bei ihrer Freundin entschuldigen, vielleicht mit einem Essen in ihrer Lieblingswirtschaft, denn was herauskam, wenn sich Matilda selbst an den Herd stellte, schmeckte meist nach Zumutung. Sie hatte eben andere Qualitäten.

SIE WAR EIN BAYRISCHES COWGIRL

Die Sonne spiegelte sich auf dem Wasser des Chiemsees und am Ufer schüttelten sich junge Enten den Schlaf aus den Federn, aber Matilda hatte keinen Sinn für die Idylle. Sie hetzte über den Parkplatz am Dampfersteg und rannte zwischen Familienkutschen und Reisebussen hindurch. Ihre Cowboystiefel schlugen hart auf den Asphalt. Noch zwei Minuten und sie musste ihre neue Reisegruppe aufs Schiff führen. Für die geplante Begrüßungsrede blieb keine Zeit. Sie war ohnehin zu müde. Ihre Reisegruppe wartete am Fahrkartenschalter. Matilda hob ihren Cowboyhut und winkte den Amerikanern zu. Ein Gast mit schwarzer Haut winkte begeistert zurück. »Great, here she is!« Kannte er sie?

Geschafft, wieder einmal in letzter Minute: Matilda stützte sich an die Reling der MS Ludwig Fessler und hielt ihr Gesicht in den Wind. Sie hoffte, er würde das Telefonat mit Karola und die Bilder der vergangenen Nacht aus ihrem Kopf pusten, aber für Letzteres war er zu schwach. Die Frau, die sich Magda genannt hatte, war tot und wurde vermutlich gerade von einem Pathologen aufgeschnitten. Matilda gruselte es bei der Vorstellung. Vielleicht hatte sie zu lange in das Gesicht der Toten geschaut, weil es ihr irgendwie vertraut erschien. Ihre

Fantasie ging so weit, ein eigenartiges Gefühl von Nähe zu erzeugen. War da eine Ähnlichkeit? Aber mit wem?

Auch ihre Mutter hatten die harten Züge und vielen Falten der Frau am Boden zu fasziniert. »So eine prominente Nase«, murmelte Rosa und fasst sich dabei an ihre eigene, die selbstbewusst in dem hübschen Gesicht saß. Erst als der Reißverschluss des Leichensacks über dem Gesicht der Toten geschlossen wurde, hatte Rosa wieder Augen für Klemens gehabt. Der wiederum interessierte sich für die Maßkrüge am Boden und wollte genau wissen, aus welchem die Frau getrunken hatte.

Kommissar Klemens hätte es gerne gesehen, wenn sie heute nicht über den Chiemsee geschippert wäre, aber für Hausarrest war sie nun wirklich zu alt. Außerdem brauchte sie das Geld, das ihr der amerikanische Veranstalter von *Best of Bavaria* bezahlte – und das Trinkgeld.

Es war Zeit, daran zu arbeiten. Showtime! Sie stand schließlich nicht zum Vergnügen auf dem Dampfer, jedenfalls nicht zu ihrem eigenen. Sie drehte sich um, knipste ihr freundlichstes Lächeln an, hielt eine amerikanische Fahne hoch und fragte in nahezu akzentfreiem Englisch: »Seid ihr bereit für ein Märchen?« Und ob die Touristen das waren. Dafür hatten sie bezahlt. Sie wollten sich ihre Vorstellung von Bayern bestätigen lassen, eine leichte Übung für Matilda. Natürlich hatte sie ihr Dirndl an, ihr Großvater kaufte ihr seit ihrem ersten Geburtstag jedes Jahr ein neues Modell. Seit ihrem 20. Geburtstag durfte sie es selbst aussuchen, deshalb dominierten Trachtenkleider ihre Garderobe, Jeans und T-Shirt. Heute trug sie ein flaschengrünes Dirndl mit roter Schürze zu ihren Cowboystiefeln und einen original Stetson-Hut. Yipeah! Yeah! Sie hatte eben einen Hang zu Übertreibungen und in diesem Fall ließ er sich mit ihrer Finanzlage rechtfertigen. Immerhin verdiente sie in ihrer Rolle als bayrisches Cowgirl, das Touristen seine Heimat zeigt, bislang am meisten. Weit mehr als mit Auftritten und selbstgebrannten CDs. War das ein Zeichen? Sollte sie auf Countrymusik umsteigen und ihre Leidenschaft für Blues, Folk und Rock unter einem bayrischen Cowboyhut zusammenbringen? Sie war dazu in der Lage: Mit ihrer Stimme konnte sie alles singen, außer Opern. Vielleicht fiel es ihr deshalb so schwer, sich auf eine Richtung festzulegen. Nicht nur in der Musik, auch in der Liebe, aber das würde sich jetzt ändern. Vielleicht hatte sie endlich ihr Pendant gefunden? Alois war wie sie. Er lebte für seine Musik. Wenn er sie als Vorgruppe engagieren würde, konnte sie vielleicht schon bald von ihrer Kunst leben. Sie würde ihn überzeugen! Doch jetzt war Ihre Majestät Ludwig II. an der Reihe. Bühne frei.

ROSA WOLLTE NICHT MEHR DARAN DENKEN

Schon wieder Klemens. Er übertrieb es mit seiner Fürsorge, fand Rosa, und war versucht, seinen Anruf wegzudrücken. Die vergangene Nacht hatte dunkle Streifen unter ihre Augen gezeichnet und ihr Körper fühlte sich an wie ein nasser und obendrein alter Sack. Um ihn mit kosmetischen Pflegeeinheiten und ausreichend Schlaf zu behandeln, war keine Zeit. Rosa musste sich um das Mittagsgeschäft im Festzelt kümmern: um die Einheimischen, die wussten, dass das Herbstfest um diese Tageszeit seinem ursprünglichen Charme am nächsten kam. Wie sollte sie nur den Rest des Tages überstehen, wenn sie sich jetzt schon am Ende fühlte? Rosa zwang ihre Mundwinkel nach oben, indem sie versuchte ein Lächeln aufzusetzen. Gute Laune gehörte zur Wiesn wie die Tracht. Wenn wenigstens ihr Vater hier wäre, um wichtige Gäste zu begrüßen, aber Stachus war wieder zu Hause geblieben. »Ich bin nicht gut beieinander«, hatte er erklärt und sie dann gebeten, ihm einen Tee zu kochen. Rosa konnte sich nicht daran erinnern, ihren Vater jemals mit einer Teetasse gesehen zu haben, war er doch der Meinung: »Bier ist die beste Medizin. Bier heilt alles.« Die Kräutermischung seiner Schwägerin hatte er bislang als »Hexengift« abgetan. Warum er sie plötzlich trinken wollte, war ihr ein Rätsel. Wurde Stachus altersweise? Wieder läutete das Telefon. Klemens! Verdammt! Heute nervte er wirklich.

Ihr Verlobter bestand darauf, dass Matilda zu ihnen zog, bis »die Sache geklärt« war. Mit Sache meinte er die Frau, die gestern im Herzvogel-Zelt einen Herzanfall erlitten hatte und vorher mit der Wahrheit gedroht hatte. Dass Klemens überall Mord witterte, war Rosa gewohnt. Ihr Verlobter war bei der Kripo und hatte obendrein die besten Absichten, sich als fürsorglicher Stiefvater in Position zu bringen, obwohl ihm Matilda bereits mehrfach freundlich erklärt hatte, dass diese Stelle nicht mehr zu vergeben war. Sie war erwachsen. Gleichzeitig hieß ihre Tochter Klemens in der Familie willkommen. Matilda mochte eigensinnig und beratungsresistent sein, aber insgesamt war sie gut geraten. Sie war stolz auf ihr Mädchen. Gemeinsam hatten sie es geschafft, gegen alle Widrigkeiten und Vorurteile – und ohne John. Seine Tochter hatte sein musikalisches Talent geerbt. Schade, dass er nie davon erfahren würde. Am Anfang hatte sie noch versucht, mit ihm Kontakt aufzunehmen, aber all ihre Briefe in die USA blieben unbeantwortet. Auch die US-Army war ihr keine Hilfe gewesen. Im Gegenteil. Sie erinnerte sich an verzweifelte Besuche in der Kaserne Bad Aibling, mit ihrem Baby auf dem Arm. Angeblich war John zu seiner Familie zurückgekehrt. Sein Vorgesetzter hatte ihr klar gemacht, was ihr Geliebter nie erwähnt hatte: Er war ein verheirateter Mann und für Kinder verantwortlich. Rosa wollte nicht mehr daran denken.

Zu viele Jahre hatte sie einer heimlichen, diffusen Hoffnung geopfert und mit einer kindlichen Vorstellung von Liebe auf das Happy End gewartet. Erstaunlich, dass auch Klemens gewartet hatte. Für diese Geduld konnte es nur einen Grund geben und ihre Mutter hatte geglaubt ihn zu kennen: »Dieser Mann liebt dich von Herzen.« Ambrosina hätte Rosa gerne als Ehefrau von Klemens Münzinger gesehen. Nur wenige Monate nach ihrem plötzlichen Tod nahm Rosa seinen Antrag an. Wie die Jahre zuvor hatte er an Weihnachten um ihre Hand angehalten. Sie drehte an ihrem Ring, ließ den Diamanten blitzen und dachte an John. Er hatte sich in ihr Herz gesungen und dafür nur einen Augenblick gebraucht. Klemens hatte dafür fast 40 Jahre benötigt. Nun gut, er hatte keine schöne Singstimme, aber dafür war er zuverlässig, treu und vor allem: Er war da, wenn sie ihn brauchte. Immer.

BIST EINE GUTE HAUT, MAGDA

Stachus lag im Bett. Den widerlichen Tee von Senta hatte er in den Blumentopf am Fenster gegossen. Die Pflanze war ohnehin schon lange tot. Vertrocknet. Auf seinem Nachttisch stand jetzt ein Weißbier, damit wollte er die Erinnerung vertreiben, aber Hefe und Hopfen erwiesen sich als zu schwach. Er brauchte stärkere Unterstützung, befestigte seine Prothese und machte sich auf den Weg zu seinem Freund Guggenbichler. Der Schnaps stand da, wo er hingehörte: im Küchenbuffet. Das antike Möbelstück war ein Hochzeitsgeschenk des Grafen. Stachus hatte es nie gemocht. Erst als Ambrosina darin einen Platz für seinen geliebten Gravensteiner Apfelbrand geschaffen hatte, sah er das Holzmonster plötzlich mit anderen Augen. »Jetzt wohnt endlich ein guter Geist darin«, erklärte er den Sinneswandel. Besagter Geist wurde in der Chiemgauer Schnapsbrennerei Guggenbichler gebrannt. Nie hätte er in seinem Wirtshaus etwas anderes angeboten und seine Gäste gaben ihm recht, wenn er erklärte: »Handverlesenes Obst aus der Region und fünf Generationen Erfahrung, das schmeckt man.« Eigentlich verdiente der Edelbrand ein ordentliches Glas, aber heute ging es Stachus ausnahmsweise nicht um Genuss, sondern um Wirkung. Er packte die Flasche an ihrem schmalen Hals und kippte sie Richtung Magen. Doppelbrennverfahren, dreijährige

Reifezeit – auf Guggenbichler war Verlass. Nur diesmal nicht. Die Erinnerungen waren kräftiger als der Alkohol und zogen Stachus in eine andere Zeit. Weit zurück …

Er hatte damals versprochen aufzupassen, aber seine Lust war stärker gewesen als sein guter Vorsatz. Der Krieg hatte ihm ein Bein genommen, aber nicht seine Manneskraft. Die stand stramm, sobald er eine schöne Frau sah. Leider gehörte Magda nicht zu dieser Kategorie, sie war nur eine Notlösung gewesen. »Ein bisschen zu wenig Fleisch auf den Knochen«, urteilte er, während er sie von hinten gegen die Theke rammte. Beim finalen Stoß stöhnte er ihr den Namen seiner Gattin ins Ohr: »Ambrosinaaaah«. Das war seine Art von Treue. Hinterher klatschte er seiner Bedienung erleichtert auf den Arsch und sagte: »Bist eine gute Haut, Magda.« Als sie schwanger wurde, schickte er sie zu Senta auf den Berg. Zu seiner Schwägerin. Zur Hexe. Er verließ sich darauf, dass Magda seinen Namen für sich behielt. Damit war das Problem für ihn gelöst. Zumindest dieses.

Nur seiner eigenen Frau konnte er nicht helfen. Seit der ersehnte Stammhalter mit toten Augen aus ihrem Bauch geschnitten werden musste, anstatt das Licht der Welt zu erblicken, gab sich Ambrosina im Ehebett ausschließlich der Melancholie hin. Selbst ihre Schwester, die Kräuterfrau und Hebamme, konnte der Trauernden nicht helfen. »Dagegen ist kein Kraut gewachsen«, meinte Senta – und fand Monate später dann doch noch ein wirksames Heilmittel. Er dachte daran, wie Senta seiner Frau das Baby Rosa in den Arm gelegt hatte. Da klingelte es an der Wohnungstür.

DAS HERBSTFEST IST UNS HEILIG

Im Hirschvogel-Zelt wurde Rosa von einem Idioten belästigt. In der Hand hielt er einen Stift wie ein Agent seine Pistole. Er zielte auf Rosas Dekolleté und folgte mit seinen Augen der Waffe. »Ein Dirndl bringt die Pracht jedes Jahrgangs zur Geltung«, sagte er anerkennend, bevor er seinen Blick auf ihre Augenhöhe richtete. Der Mann hatte sich als »Geltinger. Adam Geltinger!« vorgestellt und war das, was ihr Vater gerne als »Freibierlätschn« bezeichnete. Er selbst nannte sich Journalist. Sein Arbeitgeber war ein Anzeigenblatt, das seit Neustem auch einen Blog pflegte und sich laut Geltinger zum mächtigsten Sprachrohr der Stadt entwickelte.

Rosa hob die Hände. »Ich ergebe mich. Sie bekommen, was Sie wollen. Genügen drei Biermarken?«

Geltinger nickte zufrieden, ließ sich aber wider Erwarten nicht mit Freibier abspeisen. »Kannten Sie die Tote?«, forschte er mit kritischem Blick, der mühsam einstudiert wirkte.

»Ich hab die Frau zum ersten Mal auf der Bühne gesehen.«

»Sie sprach von Ihrem Vater.«

»Ganz Rosenheim kennt meinen Vater.«

»Er soll es in seiner Jugend wild getrieben haben.«

»Auf das Gerede der Leute darf man nichts geben.«

»Auf das Gerede meiner Mutter schon.« Er zog seine Schulter nach hinten, so als wollte er sich im nächsten Moment mit den Fäusten auf die Brust trommeln. Seine Haltung hatte eine klare Botschaft und die lautete: »Alle mal herhören!«. Laut verkündete er: »Einige der Rosenheimer könnten ihre Geschwister sein.«

Rosa musterte den Mann. »Da kann ich ja nur hoffen, dass Sie nicht dazu zählen. Noch gibt es in meiner Familie keine Freibierlätschn, weil wir unser Bier selbst brauen können.« Sie lächelte freundlich, herzlich, geradezu liebevoll. In Gedanken verlieh sie sich den Oscar für ihre schauspielerische Leistung. Niemand wäre auf den Gedanken gekommen, dass sie diesen Menschen am liebsten mit einem Tritt aus dem Hirschvogel-Zelt geschossen hätte.

»Wie haben Sie mich genannt?«

»Freibierlätschn.« Sie knipste ihr Lächeln noch eine Nuance heller und strahlte.

»Ich werde Sie zitieren!«

»Und ich werde die Dinge richtig stellen. Aus meiner Sicht liegt der Fall so: Sie haben mich um Biermarken gebeten und weil ich Ihnen nicht mehr als allen anderen Journalisten geben wollte, haben Sie mich erpresst. Seriöse Journalisten arbeiten anders. Gell?«

»Sie verdrehen die Tatsachen.«

»Sie auch!«

»Aber im Gegensatz zu Ihnen hab ich dafür die richtigen Kontakte«, grinste Rosa. Wer nur ihr Gesicht sah, musste glauben, sie würde dem Mann gerade mitteilen, er hätte das große Los gezogen. »Eine Wirtin ist eine Gastgeberin und die hat zu lächeln«, hatte ihr ihre Mutter einst eingebläut und Rosa hielt sich daran. »Schauen Sie, da hinten sitzt die Konkurrenz.« Rosa deutete auf die Ehrenbox und winkte einem wirklich wichtigen Journalisten der regionalen Tagespresse zu. Er war Stammgast in der Wirtschaft und wurde von Stachus mit Extrarunden Schnaps gepflegt. »Ich hab vorher schon mit Ihrem Kollegen gesprochen. Er weiß, wie furchtbar dieser Vorfall für uns alle ist – und wie sehr wir uns den Rosenheimern verpflichtet fühlen, weiter zu feiern. Das Herbstfest ist uns heilig.« Damit hatte sie die Schlagzeile des nächsten Tages verraten, die ihr der Zeitungs-Journalist vorher dankenswerterweise in den Mund gelegt hatte.

»Trotzdem«, trat Geltinger nach. »Ihr Vater und der Todesfall haben etwas miteinander zu tun. Daran zweifeln alte Rosenheimer keinen Moment. Ich hab' eine gute Quelle.«

»Ihre Mutter?« Er nickte eifrig. Ein braver Sohn.

»Die einzige gute Quelle, die Sie haben, ist vermutlich unsere Bierquelle.« Rosa lächelte wieder und drückte Geltinger eine Biermarke in die Hand. »Sie sollen auch nicht leben wie ein Hund.«

SIE WAREN SEELENVERWANDTE

Matilda hielt das Bild eines jungen Mannes vor ihrer Brust. Glänzende schwarze Lederstiefel reichten ihm bis über die Knie, eine weiße Hose umspannte muskulöse Oberschenkel und ein goldener Gürtel schmeichelte sich um seine schlanke Taille.

»Very sexy!«, murmelte eine Frau aus der Reisegruppe.

»Look at his beautiful hair«, begeisterte sich eine andere für die dunklen Wellen, die sich gepflegt um seinen Kopf legten. Es war, wie es wohl immer gewesen ist: König Ludwig dem II. flogen Frauenherzen zu, obwohl er keines davon aufgefangen hätte. Er hatte andere Vorlieben gehabt. Männer, Musik und Architektur. Wegen Letzterem waren sie hier an Bord, auf dem Weg zu seiner Insel. Matilda sollte den Amerikanern Schloss Herrenchiemsee zeigen, das finale Werk des Märchenkönigs. Sie schaute in zwölf erwartungsvolle Augenpaare.

»Darf ich vorstellen: Ludwig II. Er war der schönste König seiner Zeit. Und er war der fantasievollste. Seine Vorstellungskraft war mit der von Walt Disney zu vergleichen. Beide Männer folgten ihren Träumen nach dem Motto: ›If you can dream it, you can do it‹. Sie waren Seelenverwandte, auch wenn sie ein Jahrhundert trennte.«

Matilda wusste, dass Disney ein guter Einstieg für amerikanische Touristen war. Sie brauchten einen persönlichen Anknüpfungspunkt und Disney gehörte zu ihrem Alltag. Daran gab es für Matilda keinen Zweifel, seit sie mit Anfang 20 bei Disneyworld in Florida gearbeitet hatte. Genauer: Sie hatte im Dirndl Bier, Schweinsbraten und ein angestaubtes Bayernbild serviert. »Für die Amerikaner hast die Bedienung gemacht, aber nicht für deinen Großvater«, hielt ihr Stachus noch heute gelegentlich vor. Seine Enkelin beschwichtigte ihn dann mit den Worten: »In den USA wird auch mehr Trinkgeld gezahlt.« Beide wussten, dass dies nicht der wahre Grund war, aber wenigstens konnten sie darüber lachen.

Matilda zeigte ihren Zuhörern noch immer das Bild des Bayernkönigs als junger, sportlicher Mann von 1,91 Metern Größe. »Er wird der Märchenkönig genannt. Willkommen in seinem Reich!«

Das Schiff fuhr durch feine Nebelschwaden auf eine Insel zu. Enten ließen sich von Wellen wach schaukeln und eine Möwe schüttelte sich auf dem Schiffsdach den Schlaf aus den Federn.

»Avalon«, flüsterte eine Frau ergriffen, die sich an die sagenhafte Insel aus der Artussage erinnert fühlte und sich wahrscheinlich in die Rolle der Guinevere dachte, Arturs Frau und Lancelots Geliebte. Schade, dass ihr Begleiter so gar nichts von einem edlen Ritter hatte, außer der Frisur.

»Hey, Lady!« Ein sympathischer Schwarzer im Alter ihrer Mutter meldete sich. War der Ausdruck eigentlich noch politisch korrekt, fragte sich Matilda. Farblich hätte der Mann ihr Vater sein können. »Du hast vergessen, dich vorzustellen«, erinnerte er sie. Das war ihr noch nie passiert.

DU SIEHST WIE FAMILIE AUS

John hatte Matilda in Verlegenheit gebracht, das tat ihm leid. Sein erster Kontakt mit seiner Tochter war eine Zurechtweisung, weil er mehr von ihr erfahren wollte. Leider fiel ihre Vorstellung recht kurz aus und er erfuhr nichts, was er nicht schon wusste. Das Internet gab mehr von Matilda preis, als sie selbst. Er kannte inzwischen jeden ihrer Songs auf Youtube auswendig – und er hatte einen weiteren für sie geschrieben. Das konnte er, es war sein Beruf, seit er die US-Army verlassen hatte. Er stand hinter den Erfolgen von einigen bekannten US-Hits, die es ihm erlaubten, ein sorgenfreies Leben zu führen. Seine Tochter schien seit Jahren nur in der Region aufzutreten, dabei hatte ihre Stimme das Volumen für große Bühnen.

»Du siehst wie Familie aus«, hatte er zu Matilda gesagt.

»Stimmt«, meinte sie, ohne zu ahnen, wie recht er hatte.

GLAUBST DU DAS WIRKLICH?

Senta hatte erfahren, was in der vergangen Nacht passiert war, deshalb stand sie vor Stachus' Tür. Sie hatte im Schloss ihrer Familie übernachtet. Ausnahmsweise.

»Du schon wieder«, begrüßte Stachus seine Schwägerin und versperrte mit seinem Körper die offene Tür.

»Magst mich nicht reinlassen?«

»Nein.«

»Musst aber. Ich hab dir was Wichtiges zu sagen.«

»Um was geht's?«

»Stell dich doch nicht so dumm! Um die Magda geht's.«

Stachus trat zur Seite und folgte Senta in die Küche. Sie zeigte auf die Flasche Guggenbichler. »Schenk mir einen ein und setzt dich nieder.« Dann begann sie zu erzählen. Es wurde eine lange Geschichte. Am Ende sagte Senta: »Stachus, dir musste klar sein, dass Rosa deine leibliche Tochter ist.«

»Für mich war sie nie etwas anderes. Da habe ich mir keine Fragen gestellt und keine Erklärungen gebraucht.«

»Ich hab sie als Findelkind in euer Haus gebracht.«

»Dafür werde ich dir ewig dankbar sein. Das Baby hat Ambrosinas Melancholie geheilt. Kaum lag Rosa in ihren Armen, ist sie aufgestanden und ins Leben zurückgekehrt. Rosa war Ambrosinas Rettung.«

»Das war mein Plan, deshalb habe ich Magda nicht geholfen, als sie am Anfang der Schwangerschaft zu mir auf den Berg gekommen ist. Als du sie geschickt hast.«

»Gott sei Dank hat Ambrosina nie davon erfahren.«

»Glaubst du das wirklich?« Senta wunderte sich über die Einfalt ihres Schwagers. Was hatte ihre kleine Schwester nur an diesem Mann finden können? Was hatte sie selbst nur an diesem Mann finden können? Es war Zeit, die Bombe platzen zu lassen: »Magda hat damals Zwillinge geboren.«

»Um Gottes willen!«, stieß Stachus hervor.

»Nicht der Herrgott, sondern du warst der Erzeuger.«

»Ja mei! Ich bin auch nur ein Mann.« Und ziemlich enttäuscht von Magda, fügte er gedanklich hinzu. Ausgerechnet seine ehemals beste Kraft hatte ihn verraten, aber das konnte er ihr nun nicht mehr vorwerfen. »Gott hab sie selig«, murmelte er und hoffte, der Allmächtige würde sein Verhältnis weit entfernt von seiner Frau unterbringen, dort oben im Himmel. Platz genug war schließlich.

»Dein Sohn ist inzwischen auch einer«, riss ihn Senta aus seinen Gedanken.

»Was?«

»Ein Mann!«

»Ja, lebt der noch?«, fragte Stachus schockiert.

HOLADIRIA, HOLADIRO, HOLADIRIA

Das Boot steuerte auf den Anlegersteg zu. Die Kutsche, die ihre Reisegruppe zum Schloss bringen würde, stand schon bereit. Matilda wunderte sich, dass auf dem Kutschbock zwei Männer saßen. Das war ungewöhnlich. Vielleicht ein Lehrling? Gleich würde sie es erfahren.

»Irgendjemand muss ja auf dich aufpassen und der Alois wird es sicher nicht tun«, begrüßte sie Rupert unter einem braunen Jägerhut aus Loden. Ihr Gitarrist hielt die Zügel in der Hand und stellte den eigentlichen Kutscher als alten Schulfreund vor.

»Was weißt du schon vom Alois?«, fragte Matilda aggressiver als beabsichtigt. Alois hatte nicht auf ihre Gute-Nacht-SMS geantwortet.

»Was jeder weiß, der Augen im Kopf hat und nicht rosarot sieht.«

»Misch dich da nicht ein.«

»Das wird sich sowieso bald erledigt haben«, sagte Rupert und es klang hoffnungsvoll.

Matilda kletterte auf die Ladefläche zu ihren Gästen. Zeit für die nächste Lektion in Sachen Märchenkönig. Ihr Telefon vibrierte in der Tasche. Klemens. »Excuse me!« Sie erklärte ihren Gästen kurz, dass es bei diesem Anruf um Leben und Tod ging und sie deshalb ausnahmsweise das Gespräch annehmen würde. Ihr Herz klopfte, als würde es um ihr eigenes Leben gehen. Rupert begann, nervös die Zügel zu verdrehen.

Klemens Stimme klang ruhig und freundlich wie meistens, aber Matildas feines Gehör erkannte eine Spur Erleichterung auf seinen Stimmbändern. »Wir wissen jetzt, woran die Frau gestorben ist. Sie hat beim Pilzesammeln wohl danebengegriffen. Das kommt vor.«

»Und die Wahrheit, von der sie gesprochen hat?«

»Das war vermutlich eine Halluzination. Zurückzuführen auf die Pilze.«

Matilda musste an einen Thailand-Urlaub vor ewigen Zeiten denken. Sie hatte damals Magic Mushrooms probiert und den Rest der Nacht geglaubt, ihr damaliger Freund wäre der leibhaftige Teufel. Ganz so falsch lag sie damit nicht, wie sich später herausstellte. Egal, diese Geschichte war Vergangenheit und um diese Magda musste sie sich auch keine Sorgen mehr machen. Sie bedankte sich bei Klemens, informierte Rupert und kümmerte sich wieder um ihre Reisegruppe.

»Schloss Herrenchiemsee ist Ludwigs Liebeserklärung an sein großes Vorbild: den französischen Sonnenkönig, Ludwig XIV. Er bewunderte diesen Mann so sehr, dass er dessen Schloss Versailles hier nachbauen ließ. Pedantisch überwachte der Bayernkönig die Baufortschritte. Jeder Farbton sollte der Vorlage gleichen, jeder Lüster identisch sein. Nur beim Bau des berühmten Spiegelsaals gestattete sich Ihre Majestät eine Abweichung vom Original. Der prächtige Saal ist mit 98 Metern länger als das französische Vorbild. Beeindruckend.«

Matilda packte ihre Gitarre aus, die sei bei jeder Tour dabei hatte und formatierte für die Amerikaner die Lebensgeschichte des traurigen Königs in bayrische Gstanzl mit amerikanischem Text. Sie wusste aus Erfahrung: Das war ein Trinkgeld-Turbo. Die Strophen hatte einst ihr Großvater Stachus geschrieben, als er noch Spaß daran hatte, amerikanische Soldaten aus Bad Aibling in seiner Wirtschaft zu unterhalten.

Bei der letzten Strophe, die von der Einsamkeit des Königs erzählt, sang sie nicht mehr allein. Der Mann, der sie auf dem Schiff gebeten hatte, sich vorzustellen, sang plötzlich mit starkem amerikanischem Akzent mit. »Unsere Stimmen passen gut zusammen«, freute er sich, als sie das Gstanzl mit dem traditionellen »Holadiria, holadiro, holadiria, holadrio« beendet hatten.

»Sakrament!«, sagte Matilda. »Woher kennst du den Text?«

»Ich bin John«, sagte der Mann und reichte ihr die Hand. »Den Text kenn ich aus dem Internet. Ich hab mich gut auf die Reise vorbereitet.« Matilda war beeindruckt, dass Stachus' Gstanzl im Web waren, das wusste sie nicht. Er vermutlich auch nicht.

WEISST SCHON, WAS ICH MEINE

Rosa hätte sich im Festzelt am liebsten die Ohren zugehalten. Schon wieder waren die Haderlumpen auf der Bühne und schraubten ihr den alten Holzmichl in die Gehörgänge. Vor seinem Auftritt hatte sich der Bandleader als »Matthias – Freunde sagen Hias zu mir« vorgestellt.

»Ich weiß, wer du bist. Servus, Matthias.«

»Der Stachus hat es in diesem Jahr gut mit uns gemeint. Er hat uns für fünf Abende engagiert.«

»War er dir was schuldig?«

»Ein ganzes Leben.«

»Was sagst da?«

»War bloß ein Witz.«

Rosa hatte schon bessere gehört, ließ es aber darauf beruhen. Sie hatte zu tun, das Festzelt war jetzt am Abend bis auf den letzten Platz besetzt.

Matthias Gschwendtner nahm seine alkoholfreie Maß – und hatte noch etwas zu sagen: »Die Tote auf der Bühne gestern, das war schon eine Sensation. Mich wundert es, dass die Kripo das Zelt nicht gesperrt hat, mit so rot-weißen Bändern, Tatortzone, weißt schon, was ich mein.« Rosa ignorierte den Mann und nahm sich zwölf volle Maßkrüge zur Brust. Sie musste mit anpacken, weil eine Bedienung ausgefallen war, und steuerte in die engen Gänge zwischen den Biertischen. Der Haderlump wollte ihr seine Meinung mit auf den Weg geben und lief hinterher: »Ist schon praktisch, wenn der Verlobte bei der Kripo ist. Weißt schon, was ich mein.«

»Ach, lass mir meine Ruh!«, zischte Rosa über ihre Schulter Richtung Hias, doch der wollte unbedingt das letzte Wort haben.

»Hoffentlich gibt es heute nicht wieder eine Leiche. Auf Dauer wär das doch schlecht fürs Geschäft. Oder?« Rosa ignorierte den Lumpen, stellte die Bierkrüge auf den nächsten Tisch und verkaufte sechs Maß.

»Auf dem Herbstfest bekommt man den Rausch billiger als auf dem Oktoberfest«, kommentierte ein Mann den Preis.

»Und hier schmeckt er besser, weil Hirschvogel eine Familienbrauerei ist. Gell, Chefin?« Rosa lachte, als sie den Postboten erkannte. Er war der Bruder ihres Ersten Braumeisters. »Geht aufs Haus«, sagte sie.

Als sich Rosa für eine letzte Runde rüstete, nahm sie sich vor, die Bühne, die Haderlumpen und den Holzmichl weiträumig zu umfahren. Sie freute sich auf zu Hause. Die Obduktion der Leiche namens Magda hatte eine Pilzvergiftung ergeben. Rosa war erstmals froh, dass Schwammerlsuppe nicht mehr auf ihrer Speisekarte stand. Früher hatte ihre Tante Senta die Pilze für das beliebte Gericht geliefert, aber seit Ambrosinas Tod weigerte sie sich, mit ihrem Schwager zusammenzuarbeiten, deshalb mussten Rosa und Matilda zum Schwammerl-Essen auf den Berg pilgern. Nach der Wiesn, nahm sich Rosa vor, nach der Wiesn würden sie Senta besuchen.

Ihr Handy vibrierte unter der Dirndlschürze. Klemens. Natürlich, er würde sie abholen wollen. Sie irrte. »Du, Rosa, mir ist eine Leiche dazwischen gekommen, aber ich schick dir einen Kollegen von der Streife. Der soll dich heimbegleiten, das macht der gern.«

»Lass es gut sein Klemens. Ich pass schon lange nicht mehr in das Beutemuster von Lüstlingen.«

»Täusch dich mal nicht, meine liebe Rosa. Betrunkene achten nicht aufs Alter und ich würde dich überall überfallen, auch nüchtern.«

Sie versprach, sich von ihrem Schankmeister begleiten zu lassen. Eine Notlüge, um ihren Verlobten zu beruhigen. Sie würde die kurze Strecke von der Loretowiese bis zum Max-Josefs-Platz alleine gehen. Sie brauchte frische Luft und Ruhe.

VIELLEICHT IST ES JA WAHRE LIEBE

Valentin hatte die Band zusammengetrommelt. Er meinte, es wäre dringend. Nein, es ginge nicht um den Todesfall auf der Bühne. Er wusste dank Rupert bereits von der Pilzvergiftung. Das Argument Müdigkeit ließ er nicht gelten. Matilda raffte sich auf.

Sie trafen sich in der Rosenheimer Kunstmühle auf der Terrasse. Matilda mochte das Café in dem alten Gebäude und sie wusste, dass es Valentin nur deshalb ausgesucht hatte. Zwischen ihren beiden Musikern herrschte ein heimlicher Wettstreit um ihre Gunst. »Die stehen beide auf dich«, behauptete ihre Freundin Karola, die eine Schwäche für Valentin hatte. Oh Gott, sie musste Karola anrufen und sich entschuldigen. Später! Ganz sicher!

Valentin knallte das Oberbayrische Volksblatt auf den Tisch. »Ein großer Artikel, mit Foto, eigentlich ein Traum für uns. Wenn dieser Depp sein Watschngesicht nicht in die Kamera halten würde. Er verdeckt uns mit seiner Visage total.« Nur mit Mühe konnte Matilda ein zufriedenes Grinsen unterdrücken. Vor ihr lag das erste Foto von ihr und Alois. Aufgenommen gestern Abend auf der Bühne des Hirschvogel-Zelts. Sie sahen aus, als gehörten sie zusammen. Ein schönes Paar.

»Ich geb euch eine Runde aus«, sagte Matilda.

»Willst du euer Portrait feiern oder dich entschuldigen?«, fragte Rupert.

»Vermutlich beides«, antwortete Valentin für sie.

»Kommt, habt's euch nicht so. Der Alois kann uns weiterhelfen«, versuchte Matilda die Stimmung zu verbessern.

»Der hilft dir höchstens aus den Klamotten, mehr macht der garantiert nicht für dich – und wir sind für ihn ohnehin nur Konkurrenz«, meinte Rupert.

»Nicht nur, weil wir besser aussehen.«

»Sagt wer?«, fragte Matilda.

»Sagt niemand, sieht aber jeder«, triumphierte Rupert. Matilda ignorierte die Bemerkung, obwohl sie stimmte. Ihre »Buam« konnten sich sehen lassen. Hören erst recht.

»Vielleicht werden wir bei der nächsten *Batzi-Bläser*-Tour seine Vorgruppe«, meinte Matilda und sah das Plakat bereits vor sich: Die *Batzi-Bläser-Bloasn* features *Rosenheimer Ramasuri.* »Wir könnten endlich den Erfolg haben, den wir uns wünschen. Ich tue wenigstens was dafür.«

»Sprichst du gerade von Prostitution?«, antwortete Rupert.

»Vielleicht ist es ja wahre Liebe«, säuselte Valentin, als hätte er das Süßholzraspeln erfunden.

»Ich glaub zumindest noch dran«, sagte Matilda.

»Bist du dafür nicht längst zu alt«, zwinkerte ihr Valentin zu, der gut zehn Jahre jünger als sie und vermutlich gerade wieder solo unterwegs war. Wenn er nicht gerade seine Blasinstrumente spielte, kümmerte er sich um sein Sexleben. Oft ließ sich beides verbinden. Ganz anders bei Rupert. Er war Anfang 40 und seit drei Jahren geschieden. Seine Ex-Frau hatte es in der Provinz, und das war Rosenheim für sie, nicht länger als fünf Jahre ausgehalten. Jetzt lebte sie wieder in Berlin. »Die ist vor seinem Kinderwunsch geflohen«, analysierte Valentin damals. Für Kinderwünsche hatte auch Matilda kein Verständnis, obwohl ihre biologische Uhr angeblich laut tickte. Sollte das Geräusch jemals zu ihr durchdringen, brauchte sie nur einen Abstecher ins Familienleben ihrer Freundin Karola zu machen und sie konnte sich wieder taub stellen. Ohnehin fehlte der passende Mann für ein Kind. Alois und sie würden ein Künstlerleben führen, frei und ungebunden. Schöne Vorstellung.

Die Tageszeitung lag noch immer vor ihr und Matilda las die Bildunterschrift: Alois Leitmoser, der Bandleader der erfolgreichen *Batzi-Bläser-Bloasn* mit Matilda Hirschvogel, Sängerin der Combo *Rosenheimer Ramasuri*.

Und dann klingelte ihr Smartphone. Gedankenübertragung. Schicksal. Es war Alois.

»Ich bin gerade mit meiner Band in der Kunstmühle«, sagte sie.

»Das passt super. Ich bin auch gleich da. Ich muss mit euch allen reden.«

»Wir warten auf dich«, versprach Matilda, bevor sie das Gespräch beendete und siegessicher in die Runde lächelte. »Alois hat uns was zu sagen.«

SOLLST ES NICHT BEREUEN

Stachus konnte Prioritäten setzten. Nichts anders hatte er sein Leben lang gemacht. Deshalb entschied er: Bevor er sich weiter um seinen Tod kümmern würde, musste er seinen Buben finden. Magdas Sohn. Seinen Sohn. Er erinnerte sich, wie ihm seine Bedienung damals weinend ihre Schwangerschaft gestanden hatte – und ihre Liebe. Sie hoffte auf ein gemeinsames Leben mit ihm und vergaß dabei, dass es Ambrosina gab. »Die kann doch wieder auf ihr Schloss zurück«, schluchzte Magda, nachdem die letzten Gäste gegangen waren. Dabei stützte sie sich an die Theke, wie an dem Abend, der ihm dieses Problem eingebrockt hatte, aber heute war er nicht in Stimmung.

Weinende Frauen lösten bei ihm einen Fluchtreflex aus, selbst seine geliebte Gattin und erst recht seine dürre Kellnerin. »Du musst zu meiner Schwägerin«, entschied er damals.

»Was soll ich denn da?«, gab sich Magda begriffsstutzig. Richtig hell war sie ja noch nie gewesen. Oder hatte er sich getäuscht?

»Du lässt dir helfen, was denn sonst.«

»Ich soll unser Kind wegmachen?«

»Wie kann ich mir denn sicher sein, dass es wirklich unser Kind ist?« Er konnte sich sicher sein, das wusste er, aber er wusste auch, dass er in der besseren Position war. Er war der Wirt, sie die Bedienung. Er war verheiratet, sie ledig. Nicht zuletzt war er ein Mann und sie eine Frau. Sie hatte ihn verführt. Womöglich alles von langer Hand geplant. Seine Notsituation ausgenutzt. Welcher Mensch würde ihn verurteilen? Am Ende war immer das Weib schuld. Er konnte nichts dafür, dass er ein Mann war. Stachus fühlte sich moralisch überlegen und präsentierte ihr seine Entscheidung: »Mit mir kannst du nicht rechnen und ich will dich hier nie wieder sehen.«

»Wie kannst du mir das antun?«, wimmert sie. Wie konnte sie sich so erniedrigen?

»Hast du keinen Stolz?« Stachus fand die Frau nur noch abstoßend.

»Ich hab alles für dich getan, alles für dich gegeben – und ich würde es immer noch tun. Ich liebe dich.« Sie sank auf die Knie und klammerte sich an sein gesundes Bein.

Es war ihre Haltung, die ihn plötzlich in Wallung brachte, weil sie Erinnerungen an seine Zeit in Paris hervorrief. Dort hatte er in seiner Jugend erfahren, was das Wort Liebeskunst bedeutete. Leider wagte er es nicht, seine Gräfin darum zu bitten, aber jetzt war das Gesicht seiner Bedienung auf der richtigen Höhe. Er öffnete seinen Gürtel. Fragend sah Magda zu ihm auf. Er schob ihr seine Antwort in den Mund. »Bist eine gute Haut, Magda«, murmelte er dabei. »Sollst es nicht bereuen.« Er packte sie am Schopf und Magda schenkte ihm einen schönen Moment. Hinterher sah sie ihn wieder fragend an. Sie wagte nicht auszuspucken. »Schlucks einfach runter, das ist die sauberste Lösung«, sagte er, während er ihr den Rücken zuwandte und in sein Büro ging, um den Tresor zu öffnen. Dann bezahlte er Magda dafür, dass sie aus seinem Leben verschwand. Er war großzügig. Sie nahm das Geld wie in Trance. Als er sie zur Tür zog, zischte er ihr zu: »Von mir ist das Kind nicht, da kannst du sagen, was du willst.«

Ungefähr sieben Monate später stand Senta mit einem Findelkind vor der Tür. Er hatte immer geahnt, dass Rosa seine leibliche Tochter war. Seine Frau vermutlich auch. Trotzdem hatte Ambrosina ihre Adoptivtochter geliebt, als wäre sie in ihrem Bauch gewachsen. Die beiden waren sich so nahe, dass Fremde eine starke Ähnlichkeit zwischen »Mutter und Tochter« wahrnahmen. Man sah eben immer nur das, was man sehen wollte.

DER QUOTENSCHWULE

Sie warteten seit drei Runden Weißbier, zwei Runden Rotwein und drei Wiener Schnitzel auf Alois. Er war noch immer nicht auf der Terrasse der Kunstmühle aufgetaucht. »Er hat dich sitzen lassen und uns auch«, kommentierte Valentin Richtung Matilda. Nachdem Alois sie bereits zweimal am Telefon vertröstet und versichert hatte, er wäre schon unterwegs, verlor jetzt auch sie langsam die Hoffnung. Als Rupert nach der Rechnung verlangte, widersprach sie nicht.

Der Kellner brachte sie gerade an den Tisch. »Alles zusammen?«, fragte er.

In diesem Moment ging die Tür zur Terrasse mit Schwung auf. Ein Mann blieb im Türrahmen stehen, bis er sich der Aufmerksamkeit der Gäste sicher sein konnte. Als auch der Kellner zu ihm blickte, rief er ihm zu: »Das geht alles auf mich!« Dann federte er seinen Körper an Matildas Tisch. Seine dunklen Locken wippten mit. Ein T-Shirt von Maloja steckte lässig in einer alten Hirschledernen. Er sah aus wie bei seinen Auftritten und irgendwie benahm er sich auch so. Mit sicherem Griff drehte er den Kaffeehaus-Stuhl um, setzte sich rücklings auf den Sitz und zeigte den Damen am Tisch dahinter seinen knackigen Po in Lederhosen. Wenigstens wussten die nicht, wie er sich anfühlte, Matilda allerdings schon. Sie grinste bei dem Gedanken und fühlte sich bevorzugt, als eine Frau am Nebentisch laut genug schwärmte: »Schau dir diesen Arsch an!«

Ihre Freundin erwiderte: »Vergiss ihn!« Das konnte alles bedeuten, aber Matilda wollte die schmeichelhafte Variante verstehen.

»Servus!«, begrüßte Alois die *Rosenheimer Ramasuri*-Combo, bevor er sich zu Matilda beugte, um sie auf die Wange zu küssen, so knapp vor dem Ohrläppchen, dass er es mit der Zunge berühren konnte – was er auch tat.

»Um was geht's?«, unterbrach Rupert die Begrüßung.

»Um meine nächste Tour«, grinste Alois. Den siegessicheren Blick, den Matilda ihren beiden Bandmitgliedern jetzt zuwarf, hätte sie sich gerne verkniffen, aber es gelang ihr nicht. Ihre Augen sagten deutlich »Ällabätsch!«. Es fehlte nur noch, dass sie die Zunge rausstreckte.

»Wir werden wieder im ganzen Land unterwegs sein, aber meiner *Batzi-Bläser-Bloasn* fehlt noch etwas«, steigerte Alois die Spannung.

»Die Vorgruppe«, freute sich Matilda und strahlte in die Runde.

»Nein«, widersprach der Bandleader der erfolgreichsten Band aus der Region. Der Band, die in ganz Deutschland Hallen füllte. Der Band, mit der Matilda auf Tour gehen wollte.

»Sorry, Matilda, aber wir brauchen keine Vorgruppe. Die Leute wollen sowieso nur uns sehen.« Jetzt auf einmal, dachte Matilda, sagte aber nichts.

Valentin übernahm das Wort. »Und, was willst du dann von uns?«

»Dich!« Alois zeigte auf Valentin und fügte hinzu: »Einer meiner Bläser fällt aus und das trifft sich ziemlich gut. Ich hätte nämlich gern einen Quotenschwulen in meiner Band.«

Matilda war sprachlos. Zwar kannte sie Valentins Liebesleben nicht bis ins Detail, aber dass er Männer bevorzugen sollte, überraschte sie.

Alois erklärte, dass Valentin mit einem eindeutigen Statement auftreten sollte, einem Regenbogengürtel oder so. Das Ergebnis wäre eine Win-win-Situation für beide Seiten. Seine *Batzi-Bläser-Bloasn* würde auch in Köln und Berlin als offene, moderne Band wahrgenommen werden und Valentin müsste sich nicht mehr um sein längst überfälliges Outing kümmern.

»Weißt schon«, wandte sich Alois an Valentin, wenn du erst einmal erfolgreich bist, ist es den Leuten Wurst, ob du es lieber von hinten oder von vorne hast. Der Respekt vor Geld ist bei den meisten Leuten größer als ihre Moralvorstellungen.«

»Ich glaub, du spinnst«, mischte sich Rupert in den Monolog.

»Hast nicht gewusst, dass er beidseitig bespielbar ist?«, fragte Alois.

»Woher willst du das wissen?«, fragte Rupert.

»Ich hab's ausprobiert«, sagte Alois. »Ich war damals so besoffen, dass es egal war, wer mir einen bläst.« Er knallte lachend die Hand auf den Tisch. »War natürlich nur ein Scherz. Hahaha!«

»Hahaha!«, lachte Valentin, stand auf, beugte sich über den Tisch, packte Alois am Kragen und küsste ihn auf den Mund. Der war so perplex, dass er es geschehen ließ. Dann zwinkerte Valentin den Damen am Nebentisch zu und rief rüber: »Sorry, meine Damen! Der ist nichts für euch.« Alois' Kopf färbte sich rot. Angewidert wischte er sich mit dem Arm seine Lippen ab.

»Ich glaub's nicht«, kam vom Nebentisch.

»Das kann doch gar nicht sein«, die andere. »Deshalb hat er sich damals nicht mehr gemeldet.«

»Nein«, sagte Valentin. »Ich werde dir keinen blasen. Schon gar nicht auf der Bühne. Musst einen anderen finden, der dir die Regenbogenfahne hochhält, damit du gut aussiehst.«

Alois wischte sich noch immer angewidert über den Mund. »Ich brauch einen Schnaps zum Desinfizieren«, forderte er. »Pfui Teufel!«

»Über meine Küsse hat sich noch niemand beschwert«, sagte Valentin ungerührt, während Rupert aufstand und das Signal zum Aufbruch gab. »Los geht's! Hier ist alles gesagt.«

»Sowieso«, stimmte Valentin zu und erhob sich ebenfalls. Nur Matilda zögerte. Die Situation war ihr unangenehm. Da ihre Musiker, dort ihre, ja was denn eigentlich? Ihre Affäre?

»Ja, was jetzt?«, drängelte Rupert, während er Scheine auf den Tisch zählte.

»Jetzt beruhigt euch doch und lasst uns in Ruhe reden«, bat Matilda, die bei Alois bleiben wollte, erst recht, als er ihr die Hand auf den Arm legte und meinte: »Wir zwei haben noch was vor.«

Sie ahnte seinen Plan und er gefiel ihr, auch wenn ihr Gitarrist motzte: »Hier gibt's nichts mehr zu reden.«

»Für mich schon«, widersprach Matilda und Alois

nickte zustimmend, während er den Mittelfinger kurz Richtung Rupert streckte. Sie gab vor, davon nichts zu bemerken.

»Ach, fick dich doch selbst«, winkte Rupert ab.

»Wird nicht nötig sein«, entgegnete Alois. Valentin zog Rupert weg, bevor er zuschlagen konnte.

EIN SAUBERES WEIBERLEID

Rosa trat vor das Bierzelt auf die Loretowiese. Es war eine laue Septembernacht, die noch vom Sommer erzählte und den Herbst nur sanft ankündigte. Trotzdem knöpfte sie ihre handgestrickte Wolljacke zu und sah dabei zu den Sternen hoch. Vollmond. Sie musste an ihn denken. Wie so oft bei Vollmond. An John. An die Vollmondnacht. Wie kitschig. Sie war Ende 50, aber ihr Herz schien das nicht begreifen zu wollen. Im Gegensatz zum Rest ihres Körpers. In ihrem Gesicht hatten die vergangenen Jahre Linien gezogen, ihre ehemals straffe Figur ließ sie an entscheidenden Stellen hängen und ohne Kontaktlinsen konnte sie keine Speisekarte mehr lesen. Nur ihre Haare hatten nichts von ihrer Pracht eingebüßt, abgesehen von der Farbe, aber um die kümmerte sich ihr Friseur. Im Moment waren sie perfekt bis zum Ansatz. Sie schüttelte ihre Mähne, wie sie es als junges Mädchen getan hatte. John hatte es geliebt.

»Bist immer noch ein sauberes Weiberleid, Rosa Hirschvogel«, lallte ihr ein Mann zu, der gerade an ihr vorbeitorkelte. Sie kannte ihn aus der Wirtschaft.

»Ja, ein fescher Zahn«, bestätigte der schmächtige Kerl unter seinem Oberarm, der ihn mühsam stützte.

»Schad nur, dass ihr nichts Besseres eingefallen ist, als ein Bulle«, bedauerte jetzt die Last auf seiner Schulter.

»Tatütata! Rettung in letzter Minute«, urteilte der andere.

Rosa winkte ab und die beiden wankten weiter. Leider nicht außer Hör- und Sichtweite. Am Mandelwagen hielten sie an, um gemeinsam auf sein geschlossenes Verdeck zu zielen. Ihre Worte prasselten so unkoordiniert darauf nieder wie ihr Urin.

»Ja, man darf nicht vergessen, dass die Hirschvogel aus zweiter Hand ist.«

»Und dann noch mit dunkler Vergangenheit.«

»Guter Witz!«, lachte der andere und in der nächsten Sekunde wieherten beide, bis ans Ende ihrer Kondition. Da erst bemerkten sie den Mann, der an der Schießbude, gleich neben dem Mandelwagen lehnte.

»Uiihhh! Schau, pass auf, da steht der schwarze Mann!«

»Wer hat Angst vorm schwarzen Mann?«, krakelte sein Nebenmann.

»Der reagiert ja gar nicht.«

»Ja, weil die Schießbudenfigur die Hirschvogel-Tochter anstarrt.«

»Meinst, wir müssen sie beschützen?«

»Schmarrn, die hat's ja gern ein bisserl dunkler.«

»Stimmt, gehen wir heim. Meine Alte wartet schon.«

»Hast du ein Glück.«

»Nicht mit der.«

»Egal, zum Glück gibt's das Herbstfest. Morgen kommen wir wieder.«

»Darauf darfst einen lassen!«

»Hab ich schon!«

»Saubär!«

Der Mann an der Schießbude ignorierte die Betrunkenen. Er hatte nur Augen für die Frau vor dem Hirschvogel-Zelt und hoffte, der Vollmond würde ihr noch etwas bedeuten. Dann ging er auf sie zu.

ICH KENNE DEN MANN

John und Rosa standen sich nach fast vier Jahrzehnten wieder gegenüber. Nur eine Armlänge trennte die beiden voneinander – und ein halbes Leben.

»Rosa …« Mehr brachte John nicht über seine Lippen. Die Erklärungen, Beteuerungen und Bitten, die er sich in seinen Träumen für diesen einen Moment zurechtgelegt hatte, waren verschwunden. Was blieb, war der Wunsch, die Zeit zurückdrehen zu können und alles besser zu machen. Rosa starrte ihn an und sagte nichts.

»Es gab keinen Tag, an dem ich nicht an dich gedacht habe«, sagte John endlich auf Englisch und seine Worte rüttelten Rosa aus ihrer Schockstarre.

»Du bist einfach abgehauen. Kein Wort, kein Brief, nichts«, sagte sie mit belegter Stimme und Brei in den Kniekehlen.

»I am so sorry!«

»Das kannst du dir sparen!« Rosa spürte, wie eine wilde Mischung aus Wut und Enttäuschung tief aus ihrem Inneren emporstieg und in ihrer Stimme eine kalte Explosion auslöste. »Du hast mich belogen. Du hast das verraten, was du Liebe genannt hast. Und dann wagst du es, aus dem Nichts aufzutauchen und in mein Leben zu platzen?«

»Lass es mich erklären.«

»Die Zeit, in der ich mir eine Erklärung gewünscht hätte, ist schon lange vorbei. Heute kann nichts mehr einen Unterschied machen. Leb wohl!« Rosa wollte so schnell wie möglich nach Hause und drängte an dem Mann vorbei, der ihre erste große Liebe war. Doch John hielt sie am Arm fest, den Polizisten hinter sich hatte er nicht bemerkt.

»Lass die Frau in Ruhe«, befahl ihm der Uniformierte barsch.

Rosa drehte sich um. Sie kannte den Mann. Er spielte mit Klemens Fußball in der Altherrenmannschaft des TSV 1860 Rosenheim.

»Dein Verlobter hat gemeint, ich soll ein Auge auf dich werfen, bevor es ein anderer tut. Weißt schon, was ich meine«, erklärte er.

»Lass gut sein Sepp. Das hier ist ein alter Bekannter von früher.«

Sepp leuchtete John mit einer Taschenlampe ins Gesicht, musterte ihn und sagte: »Von früher. Verstehe. Ist ja nicht zu übersehen. Weiß der Klemens das?«

»Da gibt es nichts zu wissen, außerdem ist er gerade bei einer Leiche.«

John nahm die Taschenlampe und drücke sie nach unten. »Sie blenden mich.«

»Natürlich, sonst würde ich die Lampe ja nicht hochhalten. Du verstehen das? Du sprechen Deutsch?«, sagte der Polizist und sah sich vorsichtshalber nach seinem Kollegen um. »Hans«, brüllte er. »Bist immer noch beim Biesln. Einsatz! Hier randaliert einer.« Aber Hans tauchte nicht auf.

»Es gibt keinen Grund für einen Einsatz«, sagte Rosa,

legte dem Polizisten die Hand auf den Arm und beruhigte ihn. »Brauchst dir keine Sorgen machen, Sepp. Mein Bekannter begleitet mich nach Hause.« Dann hakte sie sich bei John unter. »Auf geht's!«

Schweigend gingen die beiden über die Loretowiese, unter den nächtlichen Lichtern des Herbstfests. »Wie früher«, flüsterte John.

»Nichts ist mehr wie früher«, sagte Rosa schroff.

DIE VIBES DER NATUR

Matilda saß in Alois' Jeep und kämpfte mit Gewissensbissen. Was hatte sie nur geritten? Sicher nicht ihr Verstand. Die Gründe mussten tiefer liegen. Sie hatte eine lange Durststrecke hinter sich. Monate. Fast zwei Jahre. Ohne Sex. Vermutlich lag es an ihrem Alter. Sie war keine 20 mehr und hatte den größten Teil der 30er hinter sich. Auf dem Weg durch die Jahre hatte sie ihre Fähigkeit verloren, Männer so zu sehen, wie sie sie sehen wollte und wie es ihr Spieltrieb gerade verlangte. Schade. Das Talent zur Schönfärberei hatte ihr Leben bereichert. Durststrecken gab es früher kaum. »Der ist nicht für immer, der ist nur zum Spaß«, war der Spruch, mit dem sie Karola früher über den jeweils neuen Mann in ihrem Leben informiert hatte, während ihre beste Freundin schon damals Durchhaltevermögen in ihrer Ehe bewies. Karola wäre in der Kunstmühle geblieben, bei Rupert und Valentin. Sie hatte eine klare Haltung und gutes Benehmen. Anders als Matilda, die, anstatt ihren Bandkollegen zu folgen, in Alois' roten Jeep gestiegen war. Am Happinger See hielt er an.

Minuten später saßen Matilda und Alois auf dem Holzsteg des Sees und schauten in die Sterne. In der Ferne hörten sie Autos auf der A8 an der Idylle vorbeirauschen.

»Schön ist es bei uns«, sagte Alois und behauptete, die Bergkette weit hinter der Autobahn zu spüren. »Die Vibes der Natur!«, wie er es ausdrückte. »Ich bin eben ein sensibler Typ«, fügte er hinzu.

»Dein Auftritt in der Kunstmühle war alles andere als feinfühlig«, widersprach Matilda.

»Sobald ich als Musiker unterwegs bin, bin ich in meiner Rolle gefangen«, entschuldigte er sich. »Da weiß ich, was von mir erwartet wird: der coole Alpen-Rocker mit Trompete. Dieses Image wollen die Leute bestätigt haben. Mit mir als Mensch hat das nichts zu tun. Ich bin wie ein Schauspieler. Ein ziemlich guter, gell?«

Sie ahnte den treuherzigen Blick, den er ihr in der Dunkelheit zuwarf und der jedem Dackel zur Ehre gereicht hätte. Er war ein »Hundling«, wie man in der Rosenheimer Region anerkennend zu einem Mann sagte, der mit allen Wassern gewaschen war. Trotzdem versuchte sie dagegenzuhalten: »Das entschuldigt nichts, schon gar nicht dein Angebot an Valentin, als Quotenschwuler aufzutreten, damit du besser da stehst.«

»Das ist seine große Chance und er muss es ja nicht umsonst machen.«

»Du meinst, Geld stinkt nicht?«

»Jeder braucht es. Ich besonders. Ich hab schließlich noch was vor.« Er nahm ihre Hände, küsste die Innenflächen und fügte hinzu: »Ich will eines Tages eine Familie gründen«.

»Was sind denn das für Töne?«

»Ich bin auch ganz überrascht. Ich hör sie zum ersten Mal. Das muss an dir liegen.«

Sie war alt genug, um nicht von dieser vagen Zukunftsvorstellung gerührt zu sein. Sie hatte Erfahrung genug, um Alois' Verhalten realistisch zu beurteilen. Sie hatte Distanz genug, um zu ahnen, dass sie beim Frühstück wieder alleine wäre, aber sie war gerührt. So sehr, dass sie nur noch eines wollte: ihm so nahe wie möglich zu sein. Sie nahm seinen Mittelfinger zwischen ihre Lippen und stimulierte seine Fantasie. Zum Teufel mit der Vernunft! Vor dieser wundervollen Kulisse, in diesem magischen Moment war Vernunft fehl am Platz. Zu einer Spur davon reichte es dennoch: Alois zog ein Kondom aus der Hose. Er war gerüstet.

»Man muss jede Chance nutzen, in der Musik und in der Liebe«, flüsterte er.

»A Hund bist scho!«, sagte sie auf Bairisch und wusste, aus dieser Zeile würde ein Lied werden.

»Und du a Luada!«, meinte er anerkennend.

A Hund und a Luada, was für ein vielversprechendes Gespann. Nicht für immer, aber für jetzt. Sie war eben doch noch jung. Außerdem konnte das Jetzt in die Zukunft wachsen. Schön wär's, dachte sie und spürte die Vibes der Natur.

DIE ZEIT IST IMMER JETZT

Schweigend liefen John und Rosa nebeneinanderher Richtung Max-Josefs-Platz. Dort steuerten beide auf den Nepomukbrunnen zu und setzen sich auf die Steintreppen. Wie früher versteckten sie sich hinter dem Rücken des Heiligen, damit Stachus sie nicht vom Wohnzimmerfenster aus entdecken konnte.

»Unser Beschützer ist immer noch da«, sagte John und deutete auf die lebensgroße Marmorfigur.

»Der Heilige Nepomuk ist für Schiffer und Flößer zuständig«, wies ihn Rosa zurecht, bevor ihr einfiel, dass auch die Verschwiegenheit zum Zuständigkeitsgebiet des Schutzpatrons zählte. Sie berichtigte sich: »Bei dir hat Nepomuk einen guten Job gemacht: Du konntest deine Geheimnisse für dich bewahren.«

»Jetzt ist es Zeit für die Wahrheit«, bestimmte John.

Der Satz kam Rosa bekannt vor. Sie fand, es war immer Zeit für die Wahrheit, außer während der Öffnungszeiten ihres Wirtshauses und der Wiesn. »Bislang kenne ich von dir nur Lügen.« Rosa legte sich die Hand aufs Herz, senkte ihre Stimme und hauchte auf Englisch: »Ich liebe dich mehr als mein Leben! Du kannst dich auf mich verlassen. Ich werde immer bei dir sein. Blablablabla.«

»Ich hatte keine Wahl. Ich hatte Verpflichtungen.«

»Die hattest du: Ich war schwanger.«

»Ich war ein schwarzer US-Soldat und du eine Rosenheimerin. Dein Vater hat mich gehasst und deine Mutter ignoriert.«

»Du weißt, dass ich mit dir nach Amerika gegangen wäre.«

»Nichts wäre mir lieber gewesen, aber das ging nicht.«

»Es macht keinen Unterschied mehr, aber mich interessiert trotzdem: Warum?« Diese Frage hatte Jahre ihres Lebens blockiert.

John legte Rosa seine Lederjacke um die Schulter und rückte behutsam ein kleines Stückchen näher. Er suchte ihre alte Wärme, die noch irgendwo unter der kalten Distanz sein musste. Als sein Arm den ihren berührte, rutschte sie zur Seite. Er fing an zu erzählen. Am Ende seiner Geschichte sagte er: »Und unsere Tochter soll ihren Vater kennenlernen.«

»Dafür ist es zu spät.«

»Das ist es nie.«

»Bullshit!«, sagte Rosa.

»Time is always now. Die Zeit ist immer jetzt.« Er würde es ihr beweisen, murmelte er und zog sie an sich. Rosa ließ es geschehen. Sie wusste nicht warum, aber sie ließ es geschehen, dass John seine Lippen auf die ihren drückte. Zuerst ganz sanft.

ROSA WAR ES RECHT

Sie stellte sich schlafend, als Klemens unter die große Bettdecke schlüpfte und sich an ihren Rücken drückte. Weniger sanft als gewöhnlich schüttelte er sie an der Schulter. »Rosa, wach auf. Ich mach mir Sorgen.«

»Morgen«, brummte Rosa.

»Nein jetzt. Es ist wichtig.«

»Hmmmhh.«

»Der Sepp hat mich angerufen. Er meint, er hätt dich vor dem Bierzelt getroffen und du warst nicht allein.«

»Vor dem Bierzelt ist man selten allein«, murmelte Rosa und bemühte sich, die Augen dabei geschlossen zu halten.

»Angeblich ein alter Bekannter mit amerikanischem Akzent und schwarzer Haut. Bei ihm haben gleich alle Glocken geläutet. Bei mir auch.«

»Morgen, Klemens, ich muss jetzt schlafen.«

»Rosa, was du da vor mir verbergen willst, das ist nicht in Ordnung.«

Rosa setzte sich auf. Sie begriff, dass sie diesem Gespräch jetzt nicht ausweichen konnte. Schon wieder ein Moment für die Wahrheit. »Ich hab nicht gewusst, dass er wieder da ist. Auf einmal stand er vor mir.«

»Und was wollte er?«

»Mir alles erklären und seine Tochter treffen.«

»Und was willst du jetzt tun?«

»Schlafen.«

Klemens packte sein Kopfkissen und marschierte ins Wohnzimmer. Rosa war es recht. Der nächste Mann, der Schwierigkeiten aus dem Weg ging.

I GANG SO GERN AUF D' KAMPENWAND

Matilda rückte ihren Cowboyhut gerade und zählte ihre Gäste. Sich zu konzentrieren fiel ihr schwer, weil sie Alois noch auf ihrer Haut zu spüren glaubte. Sie fing noch einmal von vorne an, mit dem Zählen. Ein Gast fehlte und keiner wusste, wo er war. John Williams, der Amerikaner mit dem ungewöhnlichen Gstanzl-Repertoire. Er war nicht im Bus gewesen, auf den Matilda auf dem Parkplatz der Kampenwand-Bahn gewartet hatte. Sie wollte heute mit den Touristen hoch hinaus, auf 1.500 Meter.

»Die Kapseln sehen ganz und gar nicht vertrauenswürdig aus«, monierte eine Frau namens Mary und zeigte auf die kleinen bunten Gondeln. »Ich kann nicht glauben, dass darin vier Personen Platz haben sollen.« Das war verständlich. Die Besorgte war eine umfangreiche Dame. Ihr Mann wollte ohnehin lieber die »eindrucksvolle Burg anschauen«, die sie auf dem Weg gesehen hatten.

Matilda erklärte, dass sie die Burg Hohenaschau am Nachmittag besichtigen würden. Dass sie diesen Programmpunkt kurzhalten wollte, verschwieg sie. Ihre Mutter hatte heute Morgen angerufen. Rosa klang aufgeregt, als sie Matilda bat, heute unbedingt vorbeizuschauen. Dringend wäre es und äußerst wichtig. Worum es ging, wollte sie nicht verraten. Nur so viel: »Eine

Familienangelegenheit.« Matildas Familie war nicht mehr groß: Rosa, Stachus und Matilda. Folgerichtig musste es um ihren Großvater gehen.

»Hey, Lady«, unterbrach Mary ihre Gedanken. »Bist du noch bei uns?«

»Sure!«

»Kannst du wieder für uns spielen? Das nimmt mir die Angst.«

Matilda packte ihre Gitarre und sang ausnahmsweise auf Deutsch:

»I gang so gern auf d' Kampenwand,
wann i mit moaner Wampn kannt.
Der Berg ist hoch,
das Bier ist weit,
weil mi des Laufen gar ned gfreit.«

Dann bat Mary sie, mit ihr in die Gondel zu steigen, weil Matilda im Gegensatz zum Ehemann der Dame leicht wäre.

»Das ist deine Schuld«, meckerte er, bevor er sich zwei jungen Lehrerinnen auf Europatour anschloss, für eine Gondelfahrt.

»I love you, honey«, rief ihm seine Frau zu.

In der Gondel rief ihre Mutter an und drängte sie, schon mittags zu kommen. »Wenn nicht, lass ich dich von der Polizei abholen«, drohte sie. »Grund genug hab ich.«

»Und die richtigen Verbindungen auch«, parierte Matilda und fragte sich, ob sie wirklich einen Kripobeamten in der Familie wollte.

ALLES SPRACH GEGEN SIE

John war in der Nacht in sein Hotel zurückgekehrt. Beim Frühstück schaute er aus dem Fenster auf den Marienplatz und suchte nach Vertrautem. Vergebens. Bad Aibling war ihm fremd geworden. Vieles hatte sich seit seiner Stationierung hier verändert, selbst das Rathaus. Es war neu. Ein moderner Holzklotz, der im historischen Stadtkern nach Aufmerksamkeit gierte. Das tat er mit einer glatten Eleganz zwischen Sparkasse und Parfümerie. Selbst sein Hotel war nicht mehr das alte. Das Lindners hatte einen Neubau bekommen, nur sein Kernstück, ein ehemaliges Schloss, war noch dasselbe. Seine Prinzessin hatte damals heimlich ein Zimmer für die beiden gemietet. Es war ihr erstes Mal gewesen. Er war bereits erfahren, was an dem Ja-Wort lag, dass er vor seiner Versetzung nach Bad Aibling gegeben hatte. Seine Eltern und der Pfarrer hatten ihn davon überzeugt, außerdem mochte er Gladis, die Witwe seines älteren Bruders. Er versprach ihr vor Gott, für sie zu sorgen, bis der Tod sie scheiden würde. Nie hätte er geglaubt, dass die Liebe dieser Ehe ein Ende setzen würde. Seine Liebe zu Rosa. Sie war eine Offenbarung für ihn gewesen. Ein Schritt ins Licht. Ein Geschenk Gottes, an den er glaubte und den er verehrte. Und Rosa erwiderte seine Gefühle. Nichts zählte, wenn sie zusammen waren. Weder seine Hautfarbe, noch seine Ehe. Wobei er Letztere gar nicht erwähnte. Sie gehörte zu einer anderen Welt. In seinem und Rosas Universum war die Verbindung zu Gladis ebenso bedeutungslos wie Stachus' Hass auf ihn. Die Verliebten ignorierten, dass alles gegen sie sprach. Die abfälligen Bemerkungen der Passanten, die dummen Sprüche seiner Kameraden und nicht zuletzt seine Aufgabe in den Lauschkugeln. Sein Kommandant wertete Johns Gefühlszustand als Gefahr für seinen Auftrag. Er war sich sicher: Ein Mann, der seine Ehefrau vergisst, vergisst auch seinen Eid. Der Soldat John Williams wurde in die USA zurückbeordert, mit einer unausgesprochenen Drohung. Wer liebt, ist erpressbar. Und John hatte Rosa geliebt. Er tat es immer noch.

Gestern Abend am Nepomukbrunnen hatte sie ihm vorgeworfen, Sentimentalität mit Liebe zu verwechseln, aber sie irrte sich. Er hatte sie geküsst und die Zeit hinter und vor ihnen schrumpfte auf diesen einen Augenblick zusammen. Es war ein langer Kuss, aber zum Abschied hielt sie den dicken Diamanten an ihrem Finger vor ihre Brust wie ein Ritterschild. »Ich werde heiraten.«

»Ja«, antwortete John. »Mich.«

Sie schüttelte den Kopf. »Das war ein Abschiedskuss, John. Den warst du mir noch schuldig.« Sie drehte sich um und ging.

NICHTS FÜR UNGUT

Stachus schaute durchs Wohnzimmerfenster auf den Max-Josefs-Platz. Da unten zogen die Rosenheimer in ihren Trachten Richtung Loretowiese. Alle Größen waren auf den Beinen. Mittags war auf der Wiesn Familienzeit, vor allem aber die Zeit für Kenner und Genießer. Am liebsten wäre er den Leuten gefolgt in sein Hirschvogel-Zelt, er hätte sich von Rosa ein krosses Wiesn-Hendl servieren lassen und eine kühle Maß. Ja, seine Tochter könnte Unterstützung gebrauchen. Außerdem machte es die Leute misstrauisch, wenn der Wirt nicht in seinem Zelt war, erst recht, wenn er als leutseliger Kerl bekannt war. Andererseits müsste er sich dann der Presse stellen. Noch war das Interesse an der toten Magda nicht abgeflaut. Im Gegenteil.

Stachus seufzte. Er fühlte sich nicht gut. Vielleicht war seine Zeit nun doch gekommen. Er klammerte sich an den Fensterrahmen, als könnte ihn das alte Holz am Leben halten. Sein Herz kam aus dem Rhythmus. Pochte gegen die Rippen. Bedrängte sein Gewissen. Er wollte noch nicht sterben und zwang sich, langsam ein- und auszuatmen. Er hatte eine Beinamputation ohne Schmerzmittel überlebt, eine alte Affäre würde ihn nicht zu Fall bringen. Er richtete sich auf. »Besinn dich auf deinen Verstand, Stachus«, ermahnte er sich. Sollte er Klemens einweihen? Er konnte herausfinden, wo Magda zuletzt gewohnt hatte, aber dann wüsste in Kürze auch Rosa von ihrem angeblichen Bruder. Wozu hatte er Verbindungen zum Einwohnermeldeamt? Die Tochter einer Schulfreundin arbeitete dort und die hatte ihrer Mutter zuliebe jeden wichtigen Lebensabschnitt beim Hirschvogel gefeiert: Hochzeit, drei Taufen, eine Scheidung und dann wieder eine Hochzeit. Stachus hatte dafür gesorgt, dass jede Feier unvergesslich wurde, mit Gstanzln, gutem Service und kühlem Bier. Er suchte nach seinem alten, braunen Adressbuch und fand ihre Nummer.

»Ja servus, Irmgard, ich bin's der Stachus. Der Hirschvogel Stachus. Schön, dass gleich dran gehst, Irmi. Du sag, warst schon im Zelt bei mir? Ich hab dich gar nicht gesehen. Vermisst hab ich dich unter all den Leuten. Was ist denn los? So so, der Herr Gemahl ist krank. Ja mei! So einen Verzicht nur für ihn. Hoffentlich hat er das verdient. Nicht dass es ist, wie bei deinem Ersten. Reden wir nicht drüber. Warum ich anruf? Gut, dass du mich erinnerst, deine Stimme hat mich auf ganz andere Gedanken gebracht. Hast nichts von deinem Charme verloren, nur ich bin nicht mehr der Alte, seit die Ambrosina im Himmel ist. Was meinst jetzt mit: Da gehört sie auch hin? Ach so, dass sie ein Engel ist. Das stimmt schon. Du bist ja schon immer ein kleines Teuferl gewesen, so a richtiges Luder wie deine Mutter. Kompliment sag ich, Kompliment! Was ich eigentlich fragen wollte: Hast ja sicher mitbekommen, dass eine Frau auf der Bühne des Hirschvogels gestorben ist. Eine alte Bedienung von mir. Die Magda Pichlmayr. Jetzt wüsst ich gern, ob die noch Angehörige hat. So aus alter Verbundenheit würde ich mich da gerne kümmern, wenn's nötig ist. Nein, so richtig erinnere ich mich nicht an die Frau, aber ich hab ja auch nur Augen für die Ambrosina gehabt – und aus dem Augenwinkel hab ich dich immer angeschaut, weilst mich so an deine Mutter erinnert hast. Da lachst du, aber es ist schon wahr. Ja, schau halt mal in deinen Computer, ob du etwas findest. Ja wirklich? Nach Rosenheim ist sie gezogen, vor einem Monat. Von Berlin nach Rosenheim. Bei den Preußen war die. Und einen Buben hat's gehabt. Von wem? Ja, freilich interessiert mich das, immerhin ist sie auf meiner Bühne gestorben. Stell dir vor, die hätten das Zelt gesperrt. Was mich das gekostet hätte. Als Wirt muss ich doch rechnen. Hängen ja Leute von mir ab. Nein, da hätte mir selbst mein künftiger Schwiegersohn nichts genützt. Also, wer war jetzt der Vater von dem Bankert. Was, du weißt nicht, dass man bei uns in Bayern uneheliche Kinder so nennt? Wenn wundert es, deine Mutter musste ja unbedingt einen Kölner heiraten. Ich hab ihr damals gleich gesagt, das wird ein Faschingsscherz, aber da hat sie schon ja zu der Pappnase gesagt. Nein, ich mag deinen Vater nicht beleidigen, aber jetzt sag schon, wer ist denn bei der Magda zum Zug gekommen. Bahnhof? Wieso Bahnhof. Ich mein, mit wem sie geschnackselt hat. Jetzt stell dich doch nicht so an, Irmi. Willst mich auf die Folter spannen? Wie deine Mutter, ich sag es ja. Was, der Vater von dem Kind war unbekannt? Das hätte ich ja nicht von der Magda gedacht. Und wie alt ist der Junge jetzt? Aha. Und wo hat er gelebt? Bei uns in Rosenheim, gleich um die Ecke und schon so lange. Und sei Mutter war in Berlin, bis sie zu ihm gezogen ist. Ja, da legst dich nieder. Nein, nicht du, ich mich. Ja mei! Wenn deine Mutter keinen Kölner geheiratet hätte, würdest du mich heute verstehen, aber so … Irmi, nichts für ungut. Wir sehen uns im Hirschvogel. Deine Maß geht auf mich und a Hendl kriegst auch noch. Du, das ist doch selbstverständlich. Pfiadi!«

MAKE LOVE, NOT WAR

An der Kampenwand-Bergstation versammelte Matilda ihre Reisegruppe um sich, während sich ein paar Meter weiter Paragleiter für ihre Flüge rüsteten. »Seid ihr bereit für eine Tour, die den Augen schenkt, was das Herz begehrt? Bavaria at its best!« Immer schön dick auftragen. Das mögen die Amerikaner, dafür bezahlen sie, erinnerte sich Matilda, außerdem war der Höhenweg von der Bergstation zur Steinlingalm wirklich ein großartiges Erlebnis. Die Kampenwand galt nicht umsonst als schönster Aussichtsberg des Chiemgaus. Matilda schaute zum gezackten Gipfelgrat. Mit etwas Fantasie erinnerte er an einen stolzen Hahnenkamm. Diese Krone des Gockels stand Pate bei der Taufe des Berges, da der Ur-Bayer zu Kamm »Kampel« oder »Kampe« zu sagen pflegt. Ach, die Bayern! Matilda seufzte. Sie liebte dieses eigensinnige Volk in gleichem Maße, wie sie mit seinem widersprüchlichen Charakter zu kämpfen hatte. »Das sind deine eigenen Widersprüche«, wollte ihr Senta schon vor langer Zeit weismachen und vermutlich hatte ihre Hexentante, wie so oft, recht mit ihrer Einschätzung.

Zumindest hatte Matilda mit der bayrischen Sprache keine Probleme. Im Gegenteil. Sie war mit dem Dialekt aufgewachsen wie die meisten Rosenheimer und schätzte seine Vorzüge. Ihre Mundart hatte mehr Ausdrucksmöglichkeiten als die deutsche Standardsprache. Während die mit drei Zwielauten auskommt: ei, eu und au, hat die bayrische Mundart 24 Zwielaute zu bieten, von den zahllosen Zwei-, Drei- und Vieldeutigkeiten ganz abgesehen. Zum Beispiel kann »ja mei« alles bedeuten, weshalb Stachus es so gerne im Dienst an der Theke benutzte. Gedehnt und mit steigender Tonlage drückte er damit freudiges Erstaunen aus. Presste er die Worte schnell und scharf hervor, vertonte er damit sein Desinteresse bis hin zur ärgerlichen Ablehnung. Selbst bei so einem vermeintlich eindeutigen Wort wie »Luada« (Luder) entschied im Bairischen die Stimmlage zwischen Kosewort und Beleidigung. Aber egal welche Variante zum Ausdruck kam, immer schwang eine Spur Bewunderung mit. Wie oft hatte Stachus seine Enkelin »Luada« genannt. Meist dann, wenn sie ihm widersprach, was er ebenso verabscheute wie respektierte. Typisch Bayer eben.

Matilda erklärte ihrer Reisegruppe die Eigenheiten der Eingeborenen und vergaß dabei nicht, auf Parallelen zu den Amerikanern hinzuweisen, indem sie auf das Gipfelkreuz der Kampenwand zeigte. »Think big, das sind die Bayern!«

»Yeah! Sie haben die größten Bierkrüge!«, tönte es aus der kleine Truppe.

Nichts anderes hatte Matilda erwartet, dieser Spruch kam fast immer. Sie zeigte wieder auf den Gipfel und erzählte weiter von der Kampenwand und dem Gipfelkreuz der Superlative. Wenn auch der Ostgipfel mit seinen 1.664 Metern Höhe kein Riese unter den Bergen war, so trug er doch das höchste Bergkreuz der Bayrischen Alpen – und damit eine Erfolgsgeschichte zweier Männer aus dem Volk. Es waren der Schneidermeister Franz Schaffner und der Schmiedemeister Josef Hell, die das Kreuz aus Panzerteilen, Sauerstoffflaschen und Alteisen zusammenschweißten, um damit an die Toten und Vermissten der beiden Weltkriege zu erinnern. Helfer zogen und hievten das Metallkreuz mit Seilen und Stangen den Felsen empor. Tausende sahen zu, als es aufgerichtet wurde. »Heute ist es ein Symbol der Hoffnung auf Frieden in der Welt«, interpretierte Matilda das höchste Denkmal ihrer Heimat.

Mary und ihr Mann formten Zeige- und Mittelfinger zum Peace-Zeichen. In ihrem Leben vor Fernseher und Chipstüten waren beide Hippies gewesen, hatte Mary ihr vorher in der Gondel verraten. »Make love, not war!«, grinste die Amerikanerin jetzt. Sie hatte soeben eine Gesinnungsgenossin entdeckt. Begeistert winkte sie einer Gestalt mit wallendem Haar und langem Rock zu, die von hinten auf Matilda zuging.

Es war Senta. Kurz und herzlich drückte sie ihre Nichte an sich und flüsterte ihr ins Ohr: »Besuch mich heute, du musst die Wahrheit erfahren.« Die Wahrheit, schon wieder die Wahrheit. Dieses Wort wurde in den vergangenen Tagen reichlich strapaziert, fand Matilda.

GESUNDER MENSCHENVERSTAND

Stachus hatte noch keinen Plan, aber er wusste, wo er anfangen musste. Er ging zu seinem alten Kleiderschrank. Die gemalten Bauernrosen darauf blätterten ab, die Tür knarzte. Er öffnete sie und zog seine zweite Haut vom Kleiderbügel: ein bayrisches Hemd, erkennbar an dem sogenannten Riegel an der Vorderseite. Beim Reinschlüpfen dachte er an Ambrosina. Von ihr hatte er gelernt, dass »Hemd« vom altdeutschen Wort »Hemedi« abstammte, was »Haut« bedeutete. Darüber zog er eine handgestrickte Wolljacke, die noch älter war als seine abgewetzten Cordhosen. Seine Enkelin Matilda lobte ihn für seinen »nachhaltigen Kleidungsstil«, seine Frau fand ihn nachlässig und tauschte zu ihren Lebzeiten heimlich alte Stücke gegen neue aus. Dabei achtete sie darauf, dass Material, Schnitt und Farbe identisch waren. Bei seinen Hemden war das kein Problem: Sie waren handgefertigt, Gleiches galt für die gestrickten Joppen.

Seit Ambrosina nicht mehr unter ihnen weilte, sortierte Rosa von Zeit zu Zeit abgetragene Teile aus. »Du bist Wirt und kein wollener Biobauer«, meinte sie. So einig sich seine Tochter Rosa und seine Enkelin Matilda in vielen Dingen waren, so sehr unterschied sich ihre Haltung zur Umwelt. Stachus dachte an die ewig gleichen Diskussionen.

Rosa nannte ihre Tochter »Hardcore-Öko« und behauptete, wenn diese mehr Geld verdienen würde, hätte sie auch mehr Spaß am Konsum.

»Und wenn du nachdenken würdest, hättest du weniger Spaß am Konsum – oder würdest zumindest anders einkaufen, was du ja ›shoppen‹ nennst«, konterte dann Matilda.

Stachus wusste, dass das scheinbare Desinteresse seiner Tochter Rosa an ökologischen Themen mit ihrem tiefsitzenden Misstrauen zu tun hatte. Seit sich der Amerikaner damals heimlich aus dem Staub gemacht hatte und Rosa schwanger zurückließ, misstraute sie allem, sogar dem gesunden Menschenverstand. Er selbst stimmte mit seiner Enkelin überein und freute sich, dass sich selbst am Stammtisch im Hirschvogel die Meinungen langsam verjüngten. Weitsichtiges Denken wurde nicht mehr in die Kategorie »Spinnerei« verwiesen. Die Zeiten, in denen seine alten Spezln über seine Speisekarte mit heimischen Produkten aus der Region in Bioqualität gelacht hatten, waren vorbei. Ihr Gaumen hatte den Geldbeutel überzeugt und das Hirn stimuliert. Die Maxime »größer, höher, weiter«, galt heute weniger als Zeichen von Ehrgeiz als von Ignoranz. Es war klar: Die Ressourcen waren begrenzt. Für seine Generation, die nach dem Krieg gezwungen war, sorgsam und sparsam mit Vorhandenem umzugehen, war ökologisches Verhalten selbstverständlich, auch wenn dieser Begriff dafür nicht verwendet wurde. Man sagte stattdessen: »Ich bin zu arm, um billig einzukaufen.« Investitionen mussten sich bezahlt machen. Qualität und Langlebigkeit waren wichtig. Er blickte auf seine handgemachten Schuhe, die seinen gesunden Fuß und seine Prothese seit zehn Jahren durchs Leben trugen. Matilda hatte recht: Langfristiges Denken, Handeln und Kaufen machte das Leben einfacher. Was sie neudeutsch »Downsizing« nannte, hieß bei ihm, sich auf das Wesentliche zu konzentrieren.

Wie wohl Magdas Sohn geraten war? Sein Sohn. Hoffentlich war er bescheiden. Nicht auszudenken, wenn er auf die Idee käme, seine Abstammung zu überprüfen und Ansprüche anzumelden. Er selbst hätte das getan, gestand sich Stachus ein. Jetzt konnte er nur hoffen, dass dieser Apfel sehr weit vom Stamm gefallen war. Im Moment lag zwischen ihm und dem Apfel ein Fußweg in die Kastenau, dem ehemaligen Armeleute-Viertel von Rosenheim. Stachus warf einen prüfenden Blick in den Spiegel. Ihm gefiel, was er sah und er machte sich auf den Weg. Früher hatte er sich einen Sohn gewünscht.

DIE SÜNDE ALS SENNERIN

Matilda stand mit ihrer Reisegruppe auf dem Panoramaweg der Kampenwand und musste ihre Tante loswerden, die tat, als wäre sie alleine mit Matilda unterwegs. Entschieden hakte sie sich bei ihrer Nicht unter. Vermutlich dachten die Amerikaner, die Frau, deren Kleidungsstil zwischen Hexe und Hippie einzuordnen war, gehörte zum Programm. Schön wär's, dachte Matilda, die ihre Tante schon lange überzeugen wollte, Kräutertouren oder zumindest Vorträge anzubieten. Schließlich kannte sich niemand so gut aus wie Senta. Leider hielt die Tante nichts davon, ihr Wissen als »Sofortlösungen« weiterzugeben. Sie verstand Kräuterkunde als einen Erfahrungsschatz, der Respekt verdiente und nur mit Vorsicht zu genießen war. Allerdings hätte sie ihn gerne mit ihrer Nichte geteilt. Mit wem sonst?

Eigene Nachfahren hatte Senta nicht. Niemand, nicht einmal ihre Schwester Ambrosina wusste, ob sie jemals verliebt gewesen war. Entsprechende Fragen bügelte Senta brüsk ab. Tiefe Gefühle schien sie nur ihrer Schwester, deren Tochter und Enkelin entgegenzubringen. Auch Geld interessierte sie nicht. Selbst das Schloss ihrer Eltern war für sie nicht mehr als ein Notquartier in den Wintermonaten, obwohl sie die Alleinerbin war. Ihr Vater hatte ihrer Schwester Ambrosina die Hochzeit mit dem Wirt nicht verzeihen können und sie enterbt. Der Wirt wiederum konnte seiner Schwägerin nicht verzeihen, dass sie das Schloss nicht bewirtschaften wollte. Bewirtschaften, so wie er es verstand. Wenigstens den Pflichtteil, der seiner Frau zustand.

»Matilda, versprich mir, dass du später noch in meiner Hütte vorbeischaust.«

»Ich muss mich um die Touristen kümmern.«

»Vor allem musst du dich um dein Leben kümmern.«

»Wem sagst du das!«

»Dir, aber nur unter vier Augen.«

»Okay, ich komm heute Abend noch einmal hoch. Wenn es mir irgendwie ausgeht. Zeitlich.«

Sie waren an der Steinlingalm angekommen. Dort, wo nach einer alten Überlieferung früher die Sünde in Form einer feschen Sennerin wohnte. Lustfeindlich waren die Bayern noch nie gewesen. Matilda bestellte für alle Speckknödel mit Sauerkraut und erzählte den Amerikanern die Sage von der Steinlingalm: »Schaut euch die Steinbrocken rund um die Hütte an. Was heute aussieht wie Kalkfelsen waren früher einmal stramme Burschen, die sonntags lieber auf die Steinlingalm pilgerten als in der Kirche zu knien. Der Grund war eine schöne Sennerin, die sich um diese Alm kümmerte und am Wochenende für gute Stimmung sorgte: mit Bier, Zithermusik und Tanz. Dem Pfarrer unten im Dorf gefiel das gar nicht. Voller Groll wetterte er durch das Kirchenfenster zur Kampenwand hinauf. Insgeheim hätte er gerne mitgefeiert, unterstellten ihm die jungen Männer, die sich von seinem Geschrei nicht beeindrucken ließen. Auch am nächsten Sonntag stiegen sei wieder zur Alm hinauf. Der Konflikt steigerte sich: Je mehr sich der Pfarrer und die frommen Dorfbewohner aufregten, umso wilder feierten die Burschen. Auf das Läuten der Kirchenglocken, antworteten sie inzwischen mit lautem Gelächter und Spott, aber eines Tages trieben sie es zu weit.«

Matilda machte eine Pause und schaute in die Runde. Alle hörten aufmerksam zu. Noch ein kleiner Moment für den Spannungsaufbau, dann sprach sie weiter. »Genau hier, in diesem Raum, packte sich einer der Kerle einen Laib Käse und befahl seinen Kumpanen, auf die Knie zu gehen. Mit Vergnügen verbeugten sie sich vor der falschen Hostie und ließen sich segnen. Für sie war es ein Spaß, aber es wurde ihr Todesurteil. Denn schon im nächsten Moment verdunkelte sich der Himmel, Blitze zuckten durch die Luft und wilder Donner grollte auf die Alm zu. Die göttliche Macht war allgegenwärtig. Jetzt konnten sie auch die Burschen spüren. Zu spät. Als das Gewitter wieder Platz für die Sonne machte, waren die jungen Männer zu Stein erstarrt.«

»Oh my god!«, stöhnte eine Amerikanerin und Matilda nickte anteilnehmend, während sie das goldene Kreuz, das ihr ihre Oma zur Erstkommunion geschenkt hatte, an ihrem Dekolleté zurechtrückte. Ein Trinkgeld-Reflex.

»Und was passierte mit der schönen Sennerin?«, wollte ein Tourist wissen.

»Die lief wie von Sinnen hinunter ins Tal und brach tot vor dem Kirchentor zusammen.«

»Wie schrecklich!«

»Keine Sorge«, beruhigte Matilda ihre Reisegruppe. »Der liebe Gott mag die Bayern, davon ist niemand so überzeugt, wie die Bayern selbst.«

Mary flüsterte ihr zu: »Du glaubst an Gott, oder?«

»Besser ist es«, zog sich Matilda aus der Affäre. Ihr Glaube war in Wirklichkeit nur eine vage Hoffnung.

IM GRUNDE SEINES HERZENS

Stachus hatte die Adresse gefunden. Es war ein Reihenmittelhaus. Das Wetter hatte den Putz bearbeitet und graue Flecken zurückgelassen. Im ersten Stock war eine Jalousie auf halber Höhe hängengeblieben und neben der Haustüre hielt ein bayrischer Löwe aus Stein Wache. Stachus schaute auf das Klingelschild: H. Pichlmayr. »Wer ist jetzt H.?«, fragte er Richtung Himmel und hoffte auf eine Eingebung von Ambrosina. Vergeblich. Stattdessen huschte eine Katze über den kurzen Rasen des kleinen Vorgartens und streifte sein gesundes Bein. »Schleich dich! Depperts Viech!«, rief ihr Stachus hinterher. Das hätte er besser nicht gesagt.

Schon schallte es von links oben zu ihm herunter: »Ja, was ist denn das für ein Mensch, der keine Tiere mag?«

Stachus verfolgte die Stimme zurück an ein offenes Fenster im ersten Stock des Nachbarhauses. Dort stützte eine Frau ihre kräftigen Unterarme auf ein buntes Kissen und ließ ihre großen Brüste darüber hängen. Sie verdeckten die Strecke vom Ellenbogen bis zur Hand. Stachus winkte ab und klingelte. Für eine Frau, die keinen BH trug und nichts anderes zu tun hatte, als sich zu weit aus dem Fenster zu lehnen, hatte er keine Zeit –, aber die Frau dafür für ihn.

Großzügig teilte sie ihr Insider-Wissen: »Ist keiner daheim beim Pichlmayr. Die Mutter ist beim Hirschvogel auf der Bühne gestorben und der Sohn seit gestern nicht heimgekommen, was allerdings sehr ungewöhnlich ist, deshalb halte ich nach ihm Ausschau.« Stachus tippte mit zwei Fingern an eine imaginäre Hutkante, um sich zu verabschieden. In diesem Moment erkannte ihn die Frau. »Ja mei! Der Herr Hirschvogel höchstpersönlich. Jetzt aber! Was wollen Sie denn hier?«

»Mich um die Hinterbliebenen kümmern. Was denn sonst?«

Die Frau wirkte beeindruckt: »Erst die Mutter und dann Sie. So viele Leute haben sich schon lange nicht mehr um den alten Haudrauf gekümmert.« Stachus sah fragend nach oben und sein Blick kam als Aufforderung an. Die Frau schob ihren Kopf nach vorne wie eine Schildkröte und erklärte: »Haudrauf war nicht bös gemeint. Der Heinrich weiß sich halt zu helfen. Wenn es darauf ankommt, dann zögert er nicht. Ist ja sein Beruf, gewissermaßen, aber im Grunde seines Herzens ist er ein ganz feiner Kerl.«

Stachus hatte genug gehört. Sein Sohn schien kein Weichei zu sein, sondern ein ernsthafter Gegner. Das schmeichelte und beunruhigte ihn gleichermaßen. Ein Erbstreit war das Letzte, was er wollte. Er musste sich etwas einfallen lassen. Da sah er am Gartentor ein bekanntes Gesicht: seinen künftigen Schwiegersohn, den Kriminalkommissar Klemens Münzinger.

DER LIEBE GOTT MACHT KEINEN UNTERSCHIED

Matilda stand in Rosenheim vor der Tür ihrer Mutter und zwang sich, langsam ein- und auszuatmen. Sie musste sich beruhigen. Noch pritzelte es unter ihrer Schädeldecke wie eine Packung Ahoi-Brause auf der Zunge. Sie war kaum in der Lage, die Geschehnisse der vergangen beiden Tage zu verarbeiten: ihre Affäre mit Alois, der Auftritt im Hirschvogel, die Tote auf der Bühne, ihre amerikanische Reisegruppe, der quälende Schlafmangel, Sentas Anspielungen eben auf dem Berg, ihre Bandkollegen Rupert und Valentin, die ihre Anrufe und SMS ignorierten, und jetzt auch noch die rätselhafte, dringliche Sache ihrer Mutter. Wenigstens war Alois gestern nicht mehr in die Rolle des Stars geschlüpft, sondern in die des begnadeten Liebhabers. Er war also doch zu Duetten in der Lage. Ein Grinsen wischte über Matildas Gesicht, als sie bei ihrer Mutter an der Tür klingelte.

Rosa war blass, die Ringe unter ihren Augen dunkel. »Ich bin noch nicht geschminkt«, entschuldigte sie sich.

»Mama, wir sind Familie. Bei mir brauchst kein Make-up.«

»Hast auch wieder recht.« Mutter und Tochter umarmten sich herzlich und etwas länger als gewöhnlich. Es war Rosa, die nicht loslassen wollte, sondern am ganzen Körper zu zittern begann.

»Mama, was hast du denn? Ist was mit dem Opa?« Rosa schüttelte den Kopf. »Der John ist da, dein Vater.«

Alkohol war keine Lösung, aber ein bewährtes Beruhigungsmittel im Hause Hirschvogel, deshalb schenkte Rosa sich und ihrer Tochter jeweils ein Stamperl Guggenbichler ein. Quittenbrand.

»Und plötzlich stand er vor mir«, erzählte die Mutter. »So, als wäre er nie weg gewesen, aber er war weg. Viel zu lange.«

Matilda nickte. Sie wusste, dass sich ihr Vater aus dem Staub gemacht hatte, als Rosa schwanger war und so sehr sich Rosa damals auch bemühte, seine Spur zu verfolgen, so wenig Erfolg hatte sie damit. John war weg und bald war Matilda da, um Rosas Leben auf die Probe zu stellen. Ein dunkles Baby im blau-weißen Oberbayern, zu Zeiten, als die Menschen glaubten, freundlich zu sein, wenn sie sich über den Kinderwagen beugten und sagten: »Ja, so ein liabs Negerlein.« Selbst ihre Kindergärtnerinnen nannten sie so und nur Rosa regte sich darüber auf. Später wurde sie Kaminkehrer oder Negerkuss genannt. Je älter die Kinder wurden, umso spitzer wurden ihre Worte – oder die ihrer Eltern. Als kurz vor der Erstkommunion der Pfarrer daran zweifelte, ob er dem »unehelichen Negerkind« den Leib Christi geben konnte, erschien Haudrauf-Henry in ihrem Leben und hielt dem Kirchenmann seine Faust unter die Nase.

Bevor Matilda drei Monate später die Hand aufhielt um die Hostie zu empfangen, ballte sie sie zur Boxfaust und zeigte sie dem Pfarrer. »Manche Kämpfe lassen sich nur mit der Faust entscheiden«, hatte Henry sie gelehrt, noch bevor er in Rosenheim eine Boxschule eröffnete. Matilda war später die erste, die sich anmeldete. Sie fand es lustig, dass Henry bei schlechter Laune das Gesicht genauso verzog wie ihr Opa, aber außer ihr schien das niemandem aufzufallen. Etwa zur selben Zeit schenkte ihr ihre Mutter die erste Gitarre.

»Dein Vater war Musiker«, unterbrach Rosa ihre Gedanken.

»Das weiß ich doch, Mama.«

»Aber ein Vater war er nie.«

»Ich will ihn trotzdem kennenlernen.«

»Du bist ihm schon begegnet.«

Natürlich! »Du siehst aus wie Familie«, hatte der Amerikaner auf der Herreninsel gesagt und damit nicht nur von ihrer Hautfarbe gesprochen. Der Mann, der Gstanzl angeblich aus dem Internet kannte. Ihr Vater.

SO EINER WAR DAS

»Wer von uns beiden schaut jetzt blöder?«, wollte Stachus von Klemens wissen. Die beiden standen am Gartentor in der Kastenau und waren sichtlich überrascht, sich gerade hier zu begegnen.

»Eindeutig du«, meinte Klemens, der seinen künftigen Schwiegervater auf dem Herbstfest vermutet hatte.

»Bist wegen der Magda hier?«, fragte Stachus.

»Woher weißt du, dass die Magda hier gewohnt hat?«, wunderte sich Kommissar Münzinger, aber Stachus reagierte blitzschnell.

»Das hat mir die da oben gesagt.« Er deutete zu seiner Informantin.

»Und warum bist du überhaupt hierhergekommen?«, hakte Klemens nach.

Stachus wunderte sich über den distanzierten Ton in der Stimme seines künftigen Schwiegersohnes und überlegte, was er antworten sollte. »Ich wollte mich um ihren Sohn kümmern«, gab er schließlich zu, was hätte er sonst sagen sollen.

»Woher weißt du, dass Magda Pichlmayr einen Sohn hatte?«

»Vergiss nicht, ich bin Wirt und als ihr ehemaliger Chef spüre ich eine Verantwortung. Ich bin eben ein Ehrenmann vom alten Schlag.«

»Komisch, gestern hast noch gar nichts gewusst«, wunderte sich sein künftiger Schwiegersohn.

»Ja mei, Klemens, ich bin ein alter Mann. Da dauert es manchmal ein bisschen länger, bis einem die Details einfallen. Kannst dir vorstellen, wie vielen Leute ich in meinem Leben über den Weg gelaufen bin – oder sie mir.«

Klemens musterte ihn misstrauisch, was Stachus unpassend bis unverschämt fand. Er fragte sich, ob er diesem Mann wirklich seine Tochter anvertrauen wollte. Zumindest war es Zeit, Klemens an seine Position zu erinnern. »Kommissario, bist ja bald einer von uns, also kannst du mir auch sagen, was du hier willst. Bleibt ja in der Familie. Verstehst, was ich meine.«

Klemens verstand. »Es geht nicht um die Magda. Es geht um ihren Sohn.«

»Hat er was angestellt?«

»Er hat einen Fußgänger erschlagen.«

»Ja mei!«, stieß Stachus schockiert aus. Sein Sohn ein Mörder. Er lehnte sich an den Zaunpfosten und versuchte, ruhig zu wirken, während er fragte: »Ist er jetzt im Gefängnis?«

»Nein, in der Gerichtsmedizin.«

»Das versteh ich nicht«, sagte Stachus, aber er begriff sofort, was das bedeutete: Sein Sohn war tot und Klemens setzte an, um ihm zu erklären, wie es dazu gekommen war.

»Er war im Parkhaus bei der VHS, in der obersten Etage, von da ist er runtergestürzt, auf einen Südtiroler, der gerade vom Herbstfest zum Hotel getorkelt ist.«

»War er betrunken?«

»Der Südtiroler ja, aber der Henry war nüchtern.«

»Wieso Henry?«

»Weil die Magda die Mutter vom Haudrauf-Henry war. Dem Boxer.«

Stachus übergab sich im Vorgarten und noch während er würgte, hörte er die Nachbarin schimpfen: »Ja so eine Sau! Speibt dem Heinrich in den Vorgarten.«

»Geht's?«, fragte Klemens besorgt und legte Stachus die Hand auf den Rücken.

»Das ist sicher der Kräutertee von meiner Schwägerin«, meinte Stachus und dachte an all die Samstage, an denen Haudrauf-Henry am Stammtisch des Hirschvogels Schweinsbraten gegessen hatte, und an all die Dienstage, an denen er vier Weißwürste und drei Brezen verdrückte. Ob er wusste, dass es sein Vater war, der ihm das Weißbier mit der perfekten Blume aus Schaum einschenkte?

»Wieso ist der Henry runtergefallen, wenn er nüchtern war?«

»Ob er wirklich gefallen ist, das müssen wir erst noch rausfinden. Ich hab' da meine Zweifel.«

»Ist was mit dem Heinrich?«, erkundigte sich die Frau am Fenster und verlagerte ihren Schwerpunkt nach vorne. »Hat er Ärger mit dem Volk? Ich hab ihn ja immer gewarnt.«

»Mit welchem Volk?«, fragte Stachus.

»Na, die jungen Ausländer, denen er geholfen hat. Ich hab ihm oft genug gesagt: Die brauchst nicht von der Straße holen, weil die sowieso wieder dort landen, aber er hat immer gemeint: Die brauchen eine Perspektive und jemand, der an sie glaubt.«

»Ein Sozialromantiker«, seufzte Stachus enttäuscht. Er erinnerte sich, dass sich Haudrauf-Henry für das engagiert hatte, was man heute »Integration« nennt. Viele fanden das gut, aber nicht alle. Wie auch immer, Stachus wurde hier jedenfalls nicht mehr gebraucht. Er war zu spät gekommen.

ES KÖNNTE EIN UNFALL GEWESEN SEIN

Rosa wusste, sie musste mit Klemens reden, aber nicht jetzt. Entschlossen drückte sie seinen Anruf weg. Noch immer saß sie mit ihrer Tochter am Küchentisch und ließ ihre Jugend Revue passieren. Sie erzählte von ihrer ersten Begegnung mit John. Er auf der Bühne, sie im Publikum und irgendwann schien er nur noch für sie zu spielen und zu singen. Da vibrierte ihr Telefon schon wieder.

»Mama, geh ran. Der Klemens hat es nicht verdient, dass du ihn jetzt so ignorierst.«

Rosa seufzte und nahm ihr Handy. Was sie zu hören bekam, zeichnete sich als Entsetzen in ihrem Gesicht ab.

»Das darf nicht wahr sein.« Pause. »Danke.«

Mit zittrigen Händen schenkte Rosa wieder die Schnapsgläser voll. »Der Haudrauf-Henry ist tot. Er war der Sohn der Bierzelt-Toten.«

Matilda sah den kräftigen, freundlichen Mann vor sich. Sah, wie er Jugendlichen die Boxhandschuhe zuband. Wie er mit russischen Erstklässlern am Rande des Boxrings Lesen übte, mit Drittklässlern um den Aufstieg in die nächste Klasse kämpfte. Eltern ohne Sprachkenntnisse zu Lehrergesprächen begleitete. Sein Boxstall war eine Sozialstation und Henry sammelte bei Rosenheimer Unternehmern Spenden, denn Vereinsbeiträge konnten die meisten seiner Schützlinge nicht bezahlen. Wie nebenbei förderte er Talente so zielgerichtet, dass sie die traditionellen Boxkämpfe auf dem Herbstfest als Sprungbrett nutzen konnten. Früher war Matilda oft bei Henry gewesen. Er hatte dem kleinen Mädchen, das sich damals heimlich eine hellere Haut wünschte, Mut zugesprochen. Matilda liebte schon damals den Berliner Sound seiner Stimme. Und in diesem Moment realisierte sie: Henry war eine Vaterfigur für sie gewesen.

»Wie ist er gestorben?«

»Es könnte ein Unfall gewesen sein, vielleicht aber auch nicht. Klemens konnte nicht darüber sprechen, aber stell dir vor: Er hat den Opa vor Henrys Haus getroffen.«

»Was wollte der denn da?«

»Das können wir ihn gleich selber fragen. Ich glaub, ich hör seine Schritte im Treppenhaus.«

DAS KONNTE SIE NICHT WISSEN

John lief die Mangfall entlang, von Bad Aibling nach Rosenheim. An vielen Stellen erkannte er den Fluss kaum wieder. Er war schöner geworden. An der Hotelrezeption hatte man ihm erzählt, die Mangfall würde renaturiert werden, damit Fische und Vögel dort wieder eine Heimat finden konnten. Heimat, selbst Tiere konnten sich ihrer nicht sicher sein, dachte er. Seine Heimat waren die USA, aber bei Rosa war er zu Hause gewesen. Er hätte um seine Liebe kämpfen müssen, stattdessen hatte er sich der Angst gebeugt, der Angst vor Gott, seiner Familie und Vorurteilen. Ein Psychologe meinte, das läge an Johns Kindheit. Er war von klein auf zum Gehorsam erzogen worden. Bevor er die Deutungshoheit über sein Leben erlangte, hatten andere sie besetzt: Gott, die Familie, Amerika. Es war ihm nicht aufgefallen, bis er Rosa traf.

Mit zügigen Schritten ging er weiter. Er hatte genug Zeit verloren und lief mit dem Fluss um die Wette. Damals hatte er sich mit Rosa vorgestellt, dem Wasser zu folgen. Die Mangfall floss vom Tegernsee ab, bis nach Rosenheim zum Inn, mit dem sie in die Donau weiterreiste, bis zum Schwarzen Meer.

Er erinnerte sich auch an die Spaziergänger, die damals missbilligend den Kopf über das junge Paar geschüttelt hatten.

»Wird es in Amerika anders sein?«, wollte sein Mädchen damals von ihm wissen.

Sicher war er nicht, deshalb antwortete er: »Wir müssen uns gut überlegen, wo wir leben wollen.«

Sie träumten von New York und einer eigenen Musikkneipe. Rosa würde an der Theke stehen und John auf der Bühne eine Weltkarriere starten. Hier an der Mangfall reifte die Idee zum Plan. Rosa wollte Hirschvogels Bier importieren und dazu Brezen mit zermanschtem, gewürztem Camembert, also »Obaztn«, servieren. John wollte Songs schreiben, jeden einzelnen für Rosa. Zumindest an den letzten Teil des Plans hatte er sich gehalten, aber das konnte sie nicht wissen.

Als Rosa früher nach seiner Familie gefragt hatte, hatte er seine Antwort auf das Wesentliche reduziert: »Sie sind sehr, sehr religiös«, erklärte er und vermied hinzuzufügen, dass Scheidung für seine Familie keine Option war. Wozu sollte er es auch sagen? Rosa wusste ohnehin nicht, dass er verheiratet war. Seinen Ring hatte er in den USA vergessen. Ihm war klar, dass er sich zwischen seiner Liebe und seiner Familie entscheiden musste. Er hatte die richtige Wahl getroffen, aber danach alles falsch gemacht.

Im Laufen fasste er das goldene Kreuz an seinem Hals und bat um Beistand. »Hilf mir, es diesmal richtig zu machen.« John bekreuzigte sich.

STACHUS HATTE ES ENTSCHIEDEN

Rosa und Matilda stiegen über große Steine, streiften an Büschen vorbei und ließen den Tag langsam unter sich im Tal. Schweigend nahmen sie einen kleinen, versteckten Pfad, um zur Hütte von Senta zu gelangen. Matilda hatte ihrer Mutter von Sentas Andeutung erzählt, sie müsse sich um ihr Leben kümmern. »Wenn sich eine um ihr Leben kümmern sollte, dann ja wohl ich«, stieß Rosa hervor und steigerte ihr Tempo. Matilda gab ihr insgeheim recht und fragte sich, wie sehr John das Leben ihrer Mutter auf den Kopf stellen würde, oder ob sie ihn gar ganz verlor, den Kopf. Rosa schien ihre Gedanken zu lesen.

»Ich wollte mit ihm in die USA gehen und in New York eine Musikkneipe eröffnen«, erklärte sie inzwischen fast atemlos, ohne ihren Schritt zu verlangsamen. »Stattdessen bin ich in Rosenheim geblieben, allein mit Kind, weil er abgehauen ist.«

»Dein Leben wäre anders gelaufen ohne mich«, warf Matilda ein.

»Du warst kein Schicksal, sondern meine Entscheidung. Obendrein die beste meines Lebens. Zumindest damals habe ich keinen einzigen Moment gezögert. Ich wusste sofort, welcher der Weg der richtige war. Ich wünschte, das wäre heute genauso.«

Da endlich blieb Rosa stehen, setzte sich auf einen kleinen Felsen und erzählte ihrer Tochter, wie Ambrosina sie vor fast vier Jahrzehnten auf die Kampenwand geführt hatte.

»Was heißt hier geführt? Sie hat mich getrieben wie ein Rindvieh auf die Alm, weil Stachus das so bestimmt hat. Plötzlich war er froh über die Kunst seiner Schwägerin.« Sie dachte zurück. Damals schien Senta auf die beiden zu warten, obwohl sie sich nicht angemeldet hatten. Wie auch? Ambrosinas Schwester lebte alleine auf ihrer Alm, ohne Telefon oder Funkgerät. Wer etwas von ihr wollte, musste sich auf den Weg machen. Sie dachte zurück. Als Rosa damals mit ihrer Mutter ankam, dampfte auf Sentas einfachem Holzofen Kräutersuppe, selbst gebackenes Brot lag auf dem Tisch und zwei Gläser standen da, in beiden war Wein.

»Hast du Besuch?«, fragte Ambrosina, die nicht glauben konnte, dass ihre Schwester ganz ohne Mann leben wollte. Senta schüttelte den Kopf, aber Rosa glaubte zu spüren, wie ein Hauch von Verlegenheit über das Gesicht ihrer Tante zog und ihre Mutter vielsagend lächelte. Genau in diesem Moment rumpelte es im Dachgeschoss, dort wo Senta ihr Bett hatte.

»Die Katze …«, erklärte Senta und ihre Besucherinnen gaben sich damit zufrieden. Sie hatten schließlich ein anderes Problem, das sich bereits leicht unter Rosas Bauch zu wölben begann.

»Der Amerikaner hat sie geschwängert und jetzt ist er weg«, sagte Ambrosina scharf.

»Er kommt wieder, ganz sicher«, verteidigte ihn Rosa und glaubte in diesem Moment sogar noch daran.

»Und wenn nicht, willst du dann das Kind immer noch?«, fragte Senta, die beim ersten Blick auf ihre Schwester und Nichte verstanden hatte, um was es hier ging.

»Wer sagt, dass sie das Kind will? Das ist ganz unmöglich. Ein jeder wird sofort sehen, woher sie es hat«, mischte sich Rosas Mutter ein.

Ihre Tochter unterbrach sie: »Ich will das Kind.«

»Es wird schwarz sein und keinen Vater haben.«

»Es wird mein Kind sein.«

»Kümmere dich um sie«, bat Ambrosina ihre Schwester, bevor sie wieder ins Tal zurück ging. Sie wusste, dass es dauerte, bis die Kräuter wirkten und hinterher bräuchte der Körper Erholung.

»Sie ist gut bei mir aufgehoben«, versicherte Senta und es stimmte.

Ihre Tante hörte zu, tröstete, ließ ihr die Hoffnung auf ein Wiedersehen mit John und achtete darauf, dass es dem Kind in ihrem Bauch gut ging. Als Ambrosina acht Wochen später auf der Alm ihre Tochter abholen wollte und davon ausging, dass das »Problem« beseitigt war, strampelte ihr Enkelkind bereits fühlbar in Rosas Bauch. Bereits beim Abstieg freute sich Ambrosina mit ihrer Tochter, aber beide wussten, dass Stachus etwas länger brauchen würde. Er brauchte 18 Monate. Als Matilda »Opa« sagen konnte, nahm er sie zum ersten Mal auf den Arm – und begann, wieder mit seiner Tochter zu sprechen.

A HUND WAR ER SCHO

Sicher hatte Stachus nicht alles richtig gemacht, aber er hatte es zumindest versucht. Es waren die guten Absichten, die zählten, oder etwa nicht? Jetzt, am Ende seiner Zeit musste er zu einem Ergebnis kommen und durfte sich die Deutung seines Lebens nicht aus der Hand nehmen lassen. Schon gar nicht von einem Pfarrer, dessen Ansichten er nicht teilte. Nur seiner Ambrosina zu Liebe war er zeitlebens nicht aus der Kirche ausgetreten – und natürlich, weil es in Bayern noch immer gut fürs Geschäft war, Mitglied der katholischen Glaubensgemeinschaft zu sein oder zumindest so zu tun als ob. Er dachte an all die kirchlichen Feiertage, die seiner Wirtschaft zugutekamen und an denen er seine Tageseinnahmen mit einem »Vergelt's Gott« quittierte, was in seiner Heimat ein anderes Wort für »Danke« war. Ein praktisches, denn wer genug »Vergelt's Gotts« sammelte, kam irgendwann in den Himmel. Es waren gewissermaßen Bonuspunkte und er fragte sich, ob er genug gesammelt hatte. Für sein Verhalten Magda gegenüber könnte es Abzüge geben, aber das war lange her. Dafür hatten sich seine Lieferanten immer auf ihn verlassen können. Er zahlte pünktlich und hatte zu Recht den Ruf eines sauberen Wirts. Selbst seine Gäste hatte er nur selten über den Tisch gezogen und wenn, dann so schwungvoll, dass sie die entstandene Reibungswärme mit menschlicher Nähe verwechselten. »A Hund war er scho«, wie man in Rosenheim anerkennend sagte. Und buchstäblich in die Suppe gespuckt hatte er nur Stadtrat Bläsinger, der gerne mit Investoren am Stammtisch klüngelte. Dem Saukerl, der dafür verantwortlich war, dass das alte Lichtspielhaus einem modernen Apartmentkomplex weichen musste, hatte er obendrein regelmäßig Abführmittel in die Bratensoße geträufelt.

»Das ist Körperverletzung«, hatte Ambrosina damals geschimpft.

»Mir wäre es schon auch lieber, ich könnte ihm eine aufs Maul hauen.«

»Unser schönes Kino«, seufzte seine Frau, bevor sie ein paar Extratropfen hinterherschüttete.

Sicher würde Stadtrat Bläsinger auf Stachus' Beerdigung ein betroffenes Gesicht machen. Unwillkürlich ahmte Stachus den Blödschauer nach, während er den Stift über das Papier schwang und bestimmte:

Auf meinem letzten Weg möchte ich nur von den Menschen begleitet werden, die ich auch im Leben gerne gesehen habe. Der Bläsinger gehört nicht dazu. Er soll sich schleichen, von meiner Beerdigung und am besten auch gleich aus der Stadt. Bisher hat er den Rosenheimern nicht viel gebracht, nur genommen: das alte Lichtspielhaus zum Beispiel. Außerdem hat er meine Bedienungen angetatscht und sich nie anständig mit Trinkgeld dafür entschuldigt. Also, schaut's, dass der Bläsinger verschwindet. Ich will ihn nicht an meinem Grab sehen.

Der Depp hatte kein Gstanzl verdient, nur Durchfall.

Und Heinrich, was sollte er zu Heinrich sagen? Zu Haudrauf-Henry, der angeblich sein Sohn war und jetzt in der Gerichtsmedizin lag. Die bayrischen Könige hatten zu ihren unehelichen Nachfahren geschwiegen. So wollte er es auch halten. Er öffnete den Küchenschrank und holte seinen Freund Guggenbichler hervor. »Ein Hoch auf die Monarchie!«, prostete er sich zu. Es gab immer noch Momente, in denen sich Stachus Hirschvogel wie ein König fühlte. Leider störte ihn jetzt die Klingel dabei.

WILLST DU EIN ANDERES LEBEN?

Die Kampenwand verschwand langsam in der Nacht. Der Tannenbaum vor Sentas Hütte war nur noch als Kontur erkennbar und der Weg ins Tal verschwamm mit den Wiesen zu einer einzigen dunklen Farbfläche. Rosa betrachtete die Abendstimmung durch das Fenster und hatte das Gefühl, in ihre eigene Seele zu blicken. Irgendwo da draußen wartete der Abgrund, zwischen John und Klemens. Noch spannten sich ihre Gefühle darüber, hielten sie an beiden Seiten fest, aber sie spürte, wie der Abstand zwischen den Kanten immer größer wurde. Sie würde hineinstürzen, weil sie nicht wusste, auf welche Seite sie gehörte.

»Das Herz kennt jede Antwort. Hör auf dein Herz«, hatte Senta ihr heute geraten, aber welche Hilfe wollte man von einem Herzen erwarten, dass sich nie von seinem ersten Bruch erholt hatte? Außerdem hatte ihr Herz keine Entscheidungsgrundlage, was John betraf, nur Erinnerungen und Sehnsüchte, Wut und Enttäuschung. War das bereits die Antwort? Dann würde ihr Leben weiterlaufen wie bisher, abgesehen von einem Ehering am Finger. Stellte sie sich die Zielgerade ihres Lebens so vor? Oder wollte sie einen neuen Weg gehen, der bunter, unvorhersehbarer, leidenschaftlicher, abenteuerlicher, größer und weiter als Rosenheim und der Familienbetrieb der Hirschvogels war?

»Deine Mutter Ambrosina hat sich damals für die Liebe entschieden«, sagte Senta in Rosas Gedanken hinein.

»Sie hatte zum Glück nur eine zur Auswahl«, meinte Rosa.

»Das glaubst du, weil du es nicht besser weißt«, erwiderte Senta.

»Wie meinst du das?«

»Ach, alte Geschichten. Nicht der Rede wert«, winkte Senta ab.

»Mama, überlegst du ernsthaft, es noch einmal mit John zu versuchen?«, fragte Matilda irritiert.

»Natürlich nicht! Ich kann dich doch nicht alleine lassen«, erwiderte ihre Mutter.

»Schieb jetzt bloß nicht mich vor. Ich bin erwachsen.«

»Und der Opa und die Wirtschaft, die Brauerei, das Herbstfest, alles, was mein Leben ist?«

»Vielleicht solltest du im Hochsommer deines Lebens dein eigenes Herbstfest organisieren?«

»Nicht was war, sondern was sein soll, ist entscheidend«, mischte sich Senta ein. Matilda fand, sie klang wie die Stimme aus einem der Selbsthilfe-Bücher, die ihre Großmutter so gerne gelesen und noch lieber an Tochter und Enkelin verteilt hatte. Senta las keine Bücher und keine Zeitungen. Sie hatte sich von der Welt abgeschnitten und schien trotzdem immer über alles Wichtige informiert, zumindest über das, was sie für wichtig hielt, und das war wenig. Apropos.

»Was war eigentlich so dringend, Senta? Warum wolltest du unbedingt, dass ich zu dir komme?«, wechselte Matilda das Thema.

»Ich wollte dir noch einen Rat fürs Leben mitgeben.«

»Ratschläge sind auch Schläge.«

»Dann nenn es Inspiration.«

»Also los.«

»Raus in die Welt.«

»Was meinst du damit?«

»Du sollst deine Komfortzone verlassen.«

»Das war Rosenheim noch nie für mich.«

»Doch.«

»Ich bin gerne hier.«

»Du hast ja auch keinen Vergleich.«

»Ich war ein Jahr in den USA als Au-pair.«

Senta lachte laut, aber Matilda hatte genug: »Du versteckst dich ein Leben lang in wallenden Gewändern auf einer Almhütte und willst mich in die Welt schicken«, schoss sie zurück.

»Du hast eine andere Bestimmung als ich und hier kannst du nicht mehr wachsen.«

»Ich kann den Rupert und den Valentin doch nicht im Stich lassen.«

»Das Problem löst sich gerade von alleine.«

Matilda schüttelte den Kopf, Senta konnte nichts von dem Streit mit ihren Bandkollegen wissen, oder doch?

Jetzt sprang auch noch Rosa ihrer Tante zur Seite: »Ich finde, Senta hat recht. Du bist fast 40, verspielst auf Provinzbühnen den letzten Rest deiner Jugend und führst Beziehungen nach den Maßstäben von 20-Jährigen.«

Es reichte! Gerade diese beiden Frauen wollten ihr sagen, wie sie zu leben hätte. Immerhin hatte sie ihre Musik und damit eine Leidenschaft im Leben, die anderen fehlte. Den beiden hier zum Beispiel. Der Kräuterfrau und der braven Wirtstochter, die sich in ihrem Leben nur einen Ausrutscher geleistet hatte. Natürlich urteilte sie zu hart, aber die sollten erst einmal vor ihrer eigenen Tür kehren, bevor sie bei Matilda mit dem Heißluftreiniger zu Werke gingen. Sie stand auf. »Ich geh.«

Rosa erhob sich auch.

»Nein, Mama, ich will jetzt allein sein.«

»Es ist finster.«

»Nicht wirklich. Der Mond leuchtet und außerdem kenn ich meinen Weg.«

Senta nahm sie in den Arm. »Ganz so falsch ist dein Weg nicht«, sagte sie versöhnlich. »Wer tut, was er liebt, findet die Liebe. Trau dich einen Schritt weiter!« Wieder dieser feierliche Ton. Senta begleitete Matilda zur Tür. »Leb wohl, mein Mädchen!«

»Lass die Mama heute nicht mehr allein runter, die ist nicht so trittsicher wie ich«, sagte Matilda.

»Da täuschst du dich zwar, aber ich werd sie bis zum Frühstück hierbehalten, und jetzt geh schon.«

»Ich geh, wohin mein Herz mich trägt«, sagte Matilda ironisch.

»Das solltet ihr beide, du und deine Mutter.« Ihre Tante meinte es ernst.

ICH HAB NICHTS DAMIT ZU TUN

»Servus, Stachus, wir müssen reden.« Es war Klemens Münzinger, sein künftiger Schwiegersohn, der an der Tür stand und störte.

»Das passt jetzt gar nicht. Ein andermal.« Stachus versuchte, die Tür zu schließen, aber Klemens hinderte ihn mit seinem Fuß daran.

»Muss ich meine Polizeimarke zücken«, fragte der Mann, der Stachus' Tochter heiraten wollte.

»Komm mir bloß nicht blöd, Klemens«, wies ihn Stachus zurecht, aber Klemens war nicht zu beeindrucken.

Entschieden drückte er sich durch die Tür. »Mach es uns nicht schwerer, als es ist, sonst muss ich den Fall abgegeben, was ich ohnehin schon längst hätte tun sollen.«

»Also gut.« Stachus ging voraus in die Küche und holte ein Schnapsglas aus dem Schrank. »Magst einen?«, fragte er Klemens.

»Ich nicht, aber wenn du einen brauchst …«

»Ich hab schon einen gehabt.«

»Dann passt's ja eh.«

»So schlimm?«

»Was wolltest du vom Heinrich?«

Stachus erzählte von seiner alten Bedienung Magda, seinem Gefühl der Verantwortung, das ihn so plötzlich gepackt hatte.

»Du bist der Vater vom Heinrich«, unterbrach ihn Klemens.

»Wie kommst du denn darauf?«

»Instinkt.«

»Also, das könnte schon sein, aber sicher weiß ich es nicht.«

»Dafür werden wir sorgen.«

»Und wenn ich mich weigere?«

»Dann machst dich verdächtig.«

»Ich hab damit nichts zu tun.«

»Das ist verständlich, dass du dir das jetzt wünschst.«

Klemens sah Stachus an und wartete. Stachus starrte zurück. Er hörte das Ticken der Küchenuhr und wusste, er würde das Schweigen nicht brechen. Ihm fiel auf, dass Klemens sehr blaue Augen hatte. Ambrosina fand, er würde wie Robert Redford aussehen. Falten hatte er, natürlich, aber keine einzige zuckte. Klemens schien seinem künftigen Schwiegervater beweisen zu wollen, dass er ihm gewachsen war. Dafür muss er noch größer werden, dachte Stachus, der schon auf dem Schulhof Meister im Niederstarren war.

WIR MACHEN ALLEINE WEITER

Als Matilda im Tal an ihrem alten Toyota ankam, piepte ihr Handy. Eine SMS von Rupert. »Wir haben dir etwas zu sagen. Dringend.« Für heute hatte sie genug Informationen, trotzdem wählte sie seine Nummer.

»Hier ist Matilda, was ist los?« Er wollte es ihr lieber persönlich sagen, aber sie drängte darauf, sofort zu erfahren, um was es ging. Schweigen.

»Los, sag schon, trau dich!«, ermutigte ihn Matilda, während sie erschöpft in die Polsterung des Fahrersitzes sank und auf der Beifahrerseite nach der passenden CD suchte. Hoffentlich war ihr Auftritt in Neubeuern nicht abgesagt worden. Auers Livebühne war die erste Adresse in der Region und sie sollten in zwei Wochen dort spielen. Oder wollte Valentin Alois' Angebot annehmen?

Rupert räusperte sich. »Unsere Band gibt es nicht mehr. Der Valentin und ich, wir machen alleine weiter. Dann kannst du dich auf den Alois konzentrieren. Der ist dir ohnehin wichtiger. Das hast du uns ja ganz deutlich gezeigt.«

Senta hatte recht gehabt: Um ihre Kollegen musste sie sich nicht mehr kümmern. Schade. Matilda legte auf. Die Burschen würden schon sehen, wie weit sie kamen, ohne Matildas Stimme.

SIE TRUGEN STOLZ UNTER IHREM BIERBUSEN

John schlüpfte durch den Seiteneingang in die St. Nikolauskirche. Jemand hatte vergessen abzusperren. Es war fast Mitternacht und er hatte umsonst auf dem Herbstfest auf Rosa gewartet, auch Matilda war nicht zu sehen gewesen. Müde setzte er sich auf eine Holzbank im Kirchenschiff und ließ den Raum auf sich wirken. Die Heiligenfiguren und üppigen Schnitzereien mit Goldguss, wie sie in Bayern verbreitet waren, hatten in dieser Kirche keine Heimat gefunden. Nur ein großes Altarbild schmückte den Raum – und buntes Licht, das der Vollmond durch die Fensterscheiben schickte. Es waren kunstvolle Glasarbeiten, die eine spirituelle Atmosphäre schufen. John stand auf, um vor dem Altar wieder niederzuknien. Er konnte ihn fühlen, seinen Gott, und er würde ihm beistehen, denn er war die Liebe. Das Knarren der Kirchentür hörte John nicht.

Sie waren zu dritt und hatten für eine ganze Kompanie getrunken, was bewies: Sie waren das, was sie unter »richtigen Männern« verstanden. Keine Weicheier oder Warmduscher, die sich gegenseitig mit der Regenbogenfahne trocken rubbelten. Sie hatten sich beim »Barras« kennengelernt. »Bundeswehr« sagten nur die Preußen, die Saupreußen vor allem. Sie selbst waren Bayern, und was für welche. Originale. Geboren in Wasserburg, Erding und Rosenheim. Sie trugen Stolz unter ihrem Bierbusen, der mit ihrer Vorliebe für Weißbier gewachsen war. Ihre Kameradschaft feierten sie jedes Jahr auf dem Herbstfest. Bislang im Hirschvogel, aber künftig nicht mehr. Nachdem dort traditionelles Liedgut inzwischen von einer Farbigen vorgetragen wurde, die angeblich die Enkelin des Wirts war. Solche Familienverhältnisse entsprachen nicht ihren Wertvorstellungen. Gut, dass es noch aufrechte Menschen wie sie gab. Leider wussten das, ihrer Meinung nach, immer weniger zu schätzen. Im Flötzinger-Zelt hatten sie Hausverbot, nachdem der Wasserburger im vergangenem Jahr ganz aus Versehen einen Vietnamesen oder Chinesen oder Japaner, ja wer kennt denn die alle auseinander, mit einem Bierkrug am Kopf gestreift hatte. Der Wasserburger dachte, der Asiate sei so klein, dass er locker unter seinem Maßkrug Platz hätte. Ein wenig hatte er sich verschätzt, kommt doch mal vor. Und die anderen am Tisch haben sich gleich aufgeregt. Politisch korrekt. Die waren einfach in der falschen Partei. Sicher Ökos, denen ihre Körner in den Kopf gestiegen waren. Nicht einmal am Oktoberfest hatte man seine Ruhe vor diesen Unruhestiftern. Echten Burschen wie ihnen blieb gar nichts anderes übrig, als ihre Heldentaten in die Dunkelheit zu verlegen. Vorübergehend, bis alles besser werden würde, in ihrer Heimat. Für die fühlten sie sich verantwortlich. Und wenn ein Neger … – mit diesem Wort sind sie groß geworden, das hatte Tradition und Traditionen waren erwiesenermaßen gut, sonst wären sie ja keine Traditionen geworden, sondern Moden. Das meinte der

Erdinger und der war schlau, schließlich hatte er Abitur. Ein bayrisches. Da legst di nieder. Also, wenn ein Neger, wahrscheinlich ein Asylant, ein Sozialschmarotzer, in der Nacht in das Wahrzeichen von Rosenheim einbrach, in die St. Nikolauskirche, dann mussten sie sich darum kümmern. Wer sollte es denn sonst tun? Diese weichgespülten Deppen verstanden ja alle nicht, wie es um ihre Heimat bestellt war. Offenheit – lachhaft. Manchmal muss man die Türen schließen. So betrunken konnten sie gar nicht sein, um ihre Heimat nicht zu verteidigen, auch wenn der Wasserburger sich gerade vor der Kirche übergeben hatte. »Was raus muss, muss raus«, sagte der Erdinger. Guter Witz. Hohoho! Ein Schenkelklopfer, und die knallten auf Lederhosen besonders gut. Die drei schlichen durch die alte Holztür, hinter dem Asylanten her. Bevor sie sich den Kerl zur Brust nahmen, wollten sie sehen, was er da so trieb. Zuzutrauen war ihm alles. »Der Sexualtrieb ist ja bei denen bekanntlich besonders stark ausgeprägt«, flüsterte der Rosenheimer und fragte sich, warum er selbst eigentlich immer so schnell einknickte, wenn er überhaupt hochkam. Konnte es am Bier liegen oder an den großen Brüsten der Frauen, die er zu begehren glaubte, weil es sich so gehörte? Ach, scheiß drauf, jetzt musste er sich um den Neger kümmern. Der kniete vor dem Altar, als wüsste er, dass sein letztes Stündlein geschlagen hatte. »Vorausschauender Kerl«, sagte der Wasserburger, bevor sie zur Tat schritten.

ANDERSHERUM WÄR'S MIR LIEBER

Klemens saß ihm noch immer schweigend gegenüber. Dieser Mann hatte Schneid, dachte Stachus und freute sich einen kleinen Moment lang für Rosa. Die Augen zu senken war für ihn trotzdem keine Option. Er würde den Kriminalkommissar in Grund und Boden starren und dort konnte er dann nach einer Haarprobe oder Hautschuppe suchen, um festzustellen, ob Heinrich sein Sohn war, aber langsam wurde es langweilig, weil sein Gegenüber nicht aufgab.

»Sieht doch sowieso jeder«, sagte Stachus schließlich.

»Jetzt, wo du es sagst, ja, aber bisher ist mir die Ähnlichkeit nicht aufgefallen«, lenkte Klemens ein.

»Mir auch nicht und hoffentlich auch keinem anderen.«

»Zumindest ist mir kein Gerede zu Ohren gekommen.«

»Gut so. Rosa darf nichts davon erfahren. Es wäre ohnehin zu spät.«

»Versprechen kann ich dir das nicht.«

»Klemens, du bist ein Waschweib, ein richtiges Weiberleid.«

»Ich bin ein Mann, für den Offenheit und Ehrlichkeit in einer Partnerschaft entscheidend sind.«

»Lehn dich nicht so weit aus dem Fenster, du bist schließlich noch nicht verheiratet«, sagte Stachus. »Apropos, was glaubst, warum ist der Henry auf den Südtiroler gefallen?«

»Ich glaub, dass man ihn über die Brüstung geschoben hat.«

»Der Henry ist doch mit jedem fertig geworden.«

»Ab drei wird es kritisch«, sagte Klemens und schenkte seinem Schwiegervater ein. Es war Zeit für einen Themenwechsel. »Weißt du, dass der Erzeuger von Matilda wieder da ist?« Forschend schaute er Stachus an, dem in diesem Moment seine kantigen Züge entglitten. »Also nicht«, verstand Klemens. Sein Gegenüber schüttelte den Kopf. »Weißt schon, Stachus, eure Familienverhältnisse sind sauber geschlampert.«

»Wo du recht hast, hast recht Klemens. Ich bin meinem Schwanz gefolgt und die Rosa ihrem Herzen.«

»Andersherum wär's mir lieber, dann müsst ich mir jetzt keine Sorgen machen.«

»Die mach ich mir auch.«

»Na dann, Prost!«

NOCH ETWAS FÜRS HERZ

Er hörte Schritte und roch die Gefahr. Es war ein Gemisch aus Schweiß, ranzigem Leder und Bier, das ihm in die Nase stieg, während er vor dem Altar kniete. Johns Sinne reagierten sofort und riefen ab, was er bei der US-Armee gelernt hatte. Er sprang nach vorne, die Treppe hoch zum Altar, drehte sich um und ging in Kampfhaltung. Stabiler Stand, die Arme einsatzbereit vor Brust und Gesicht. Hinter ihm die himmlische Szene des Altarbildes. Er sah in drei erstaunte Gesichter. Sollte ihn sein Instinkt getrogen haben? Suchten diese drei Gestalten einen Platz, um ihren Rausch auszuschlafen?

In der Kirche war es ruhig, bis der kräftige Mann in der Mitte sagte: »Schau dir den an. Springt auf wie ein Affe und schaut auch so aus.«

»Bist erschrocken, Bimbo?«, fragte der Mann rechts daneben in einer Stimmlage, die besorgt klingen wollte.

»Denkt daran, Kameraden, es darf nicht so schnell gehen wie bei dem Berliner, so ein kurzer Prozess bringt uns um den ganzen Spaß«, sagte der Dritte, rieb sich die Pranken und fragte angriffslustig: »Wer fängt an?«

Er war der größte und stärkste der Gruppe, mit einem breiten Nacken und einem Schädel, der schon manche Nase gebrochen hatte, aber es war nicht die körperliche Präsenz dieses Mannes, sondern der Hass in seinen Augen, die John signalisierten, dass er keine Zeit verlieren durfte. Drei gegen einen. Er musste handeln, solange er dazu noch in der Lage war. »Ich fang an«, sagte John.

Seine Faust schnellte nach vorne und traf den Kraftprotz mitten ins Gesicht. Blut spritze und der Kerl kippte nach hinten wie ein nasser Sack. Sein Kopf landete mit einem dumpfen Ton auf dem harten Kirchenboden. John war ein Puncher, aber er hatte keine Zeit, sich über seine perfekte Gerade zu freuen. Die anderen beiden stürzten sich mit Beschimpfungen auf John, die ihn um Jahrzehnte zurückkatapultierten. In eine Zeit, in der ihm solche Typen aufgelauert hatten, um »Schande von einem bayrischen Mädchen abzuwehren«. Adrenalin kickte durch sein Blut, seine Muskeln waren bereit zum nächsten Schlag. Ein Seitwärtshaken, und der nächste lag am Boden. Konnte es so einfach sein? Der Alkohol, den die Männer getrunken hatten, war Johns Verbündeter. Jetzt musste er nur noch mit einem fertigwerden. War das so? Ein Kontrollblick auf den Kerl am Boden und John entspannte sich etwas. Ein Fehler. Genau in diesem Moment zog der letzte Stehende ein Hirschmesser aus seiner Lederhose, murmelte: »Zum Schluss noch etwas fürs Herz.« Dann stach er zu.

MODERNES MANAGEMENT

Matilda fuhr auf ihrem Heimweg an der Rosenheimer Stadtkirche vorbei. Sie war allein mit ihrer großen Enttäuschung im Wagen. Vor zehn Minuten hatte sie in Happing Halt gemacht. Dieser ländliche Stadtteil von Rosenheim lag fernab vom Zentrum mitten in der Natur. Hier hatte sich Alois ein altes Bauernhaus gekauft und es modernisieren lassen. Nach ihrer Liebesnacht am See frühstückten sie dort gemeinsam. Matilda war an diesem Morgen erstaunt gewesen, wie ordentlich und sauber alles war. Etwas zu aufgeräumt vielleicht. Die Tassen in seinem Schrank waren nach Farben geordnet, die Gläser nach Größen und die Küchentücher offensichtlich gebügelt. Matilda fiel ein, dass auch seine T-Shirts und Hemden immer gebügelt waren. »Was für eine Zeitverschwendung«, hatte sie beim Frühstück zu ihm gesagt.

»Außen wie innen, innen wie außen«, hatte Alois geantwortet und Matilda war ihr ungebügeltes T-Shirt für einen sehr kurzen Moment ein klein wenig peinlich gewesen, bevor sie sagte: »Bügelzeit ist Lebenszeit, da mache ich lieber Musik.«

Alois hatte sie beruhigt: »Ich bügle natürlich nicht selbst.«

Natürlich nicht. Matilda hatte am Kühlschrank einen genauen Stundenplan für seine Haushaltshilfe entdeckt, worauf sogar die Zeit vermerkt war, die sie für das Bügeln eines Hemds benötigen durfte. Zeigte der damit großes Organisationstalent oder einen kleinen Geist?

»Modernes Management«, hatte Alois ihr erklärt. Keine Erklärung hatte er jedoch gehabt, als sie heute überraschend vor seiner Tür gestanden war.

Er wimmelte sie mit einem »Sei mir nicht böse, aber ich mag keine Überraschungen« ab. »Ich brauch meinen Schlaf, morgen spiel ich auf einer wichtigen Hochzeit, weißt schon, der ehemalige FC-Bayern-Star. Da muss ich gut sein, dann wird es vielleicht ein Abo. Ist ja nicht seine erste Hochzeit und sicher nicht seine letzte.« Er strich ihr über die Haare, als würde er eine Katze streicheln. »Schaust auch müde aus. Komm, fahr heim und leg dich nieder.«

Matilda nickte und war sich nicht sicher, ob da nicht ein Geräusch durch die Tür schlüpfte. »Bist nicht allein?«, fragte sie.

»Was für eine Unverschämtheit!«, antwortete er und: »Mir reicht es für heute.« Er schloss die Tür mit einem Schwung, als wäre Matilda bereits gegangen. Schönes altes Holz, mit prächtigen Beschlägen. Ein Original.

Sollte sie ihre Freundin Karola noch anrufen? Nein, die brauchte ihren Schlaf. Und, wenn sie wach war, wurde sie gebraucht – von ihrer Familie. Die vielgepriesene Familienmanagerin war in der Realität der Depp vom Dienst. Die Deppin, verbesserte sich Matilda. Sie setzte sich in ihren Wagen und fuhr in die Stadtmitte. Nach Hause.

Als sie langsam auf den Kreisverkehr an der St. Nikolauskirche zufuhr, wunderte sie sich über den Mann, der aus dem Seiteneingang des gotischen Baus schlüpfte. Die Silhouette kam ihr bekannt vor. Hinter ihr hupte es und Matilda fuhr weiter. Sie hatte genug für heute.

DAS GEHEIMFACH

Rosa war bei Senta geblieben und machte sich Sorgen. Hoffentlich war ihre Tochter gut zu Hause angekommen. Sie hatte keinen Handy-Empfang, um es zu überprüfen.

»Deine Matilda geht ihren Weg«, beruhigte Senta sie.

»Wie kannst du dir da so sicher sein?«

»Ich kenne ihre Mutter.« Beruhigend legte Senta ihre Hand auf Rosas Arm und fügte hinzu: »Wenn es darauf ankommt, triffst du die richtigen Entscheidungen.«

Rosa seufzte. »Hoffentlich zerreißt es mich nicht vorher: Auf der einen Seite Klemens, die Sicherheit, die Verpflichtung und das beruhigend Bekannte. Auf der anderen Seite John, das Abenteuer, die alte Leidenschaft und das verlockend Neue. Und ich hänge in der Mitte. Am liebsten würde ich mich gar nicht entscheiden.«

»Keine Entscheidung ist meistens die schlechtere Wahl.«

»Sprichst du aus Erfahrung?«, fragte Rosa und schaute ihrer Tante in die Augen. Bei Senta war nichts beiläufig. Wie wurde man so konzentriert? So wesentlich?

»Nein.« Senta schüttelte den Kopf.

Rosas Tante konnte nicht aus Erfahrung sprechen, sie hatte ihre Entscheidungen immer klar getroffen.

Senta erhob sich. »Ich muss aufs Häusl«, informierte sie Rosa. Ein WC gab es auf der Hütte nicht, dafür eine tiefe Grube am Waldesrand, umrahmt von einem Holzverschlag mit Tür, in die ein Herz geschnitzt war. Über die Verbindung zwischen Plumpsklos und Herzschnitzereien hatte sich Rosa schon als Kind gewundert, während sie angstvoll über dem ausgesägten Holzloch saß und befürchtete hineinzustürzen. Außerdem war ihr der Geruch vor allem im Sommer unerträglich. Ihre Tante schien sich vor nichts zu ekeln, was sie als natürlich empfand. Jetzt nahm Senta eine Taschenlampe, ihr Zugeständnis an die Moderne, und ging nach draußen.

Rosa schaute sich in der alten Hütte um, die für sie eine zweite Heimat war. Als ihre Mutter Ambrosina noch lebte, waren sie oft gemeinsam zu ihrer Tante aufgestiegen. Oft war auch die kleine Matilda mit dabei gewesen. Jeder Winkel war ihr vertraut. In diesem Heim schien alles Sinn zu haben. An den Wänden über der Eckbank hingen Kräutersträuße zum Trocknen. Eine Kette, geknüpft aus Steinpilzen, war wie eine Girlande unter die Decke gespannt. Früher waren Rosa und ihre Mutter Ambrosina jedes Jahr im Herbst mit Senta beim Schwammerl suchen gewesen. Ihre Tante kannte die besten Plätze und alle Pilze. Bei jeder Tour hatte sie einen kleinen Tornister mit dabei, in den sie manchmal Gewächse steckte, die sie nur mit einem Plastikhandschuh berührte. Rosa wusste, wo Senta die Fundstücke aufbewahrte: Ganz oben auf dem Wandschrank stand ein Gefäß mit einem schwarzen Totenkopf.

An Sentas adelige Herkunft erinnerte nur ein alter Sekretär aus Schloss Greifenstein, in dem Rosa als Kind ein Geheimfach gesucht und entdeckt hatte. Rosa stand auf und ging zu dem eleganten Möbelstück, das sich auf dünnen, geschwungenen Beinen in der rustikalen Hütte behauptete. Es war aus Frankreich und hatte einmal Madame Pompadour gehört, zumindest erzählte ihre Tante das gerne. Ein alter Stuhl leistete dem Erbstück Gesellschaft. Rosa ließ sich auf seiner geflochtenen Sitzfläche nieder und fühlte sich in ihre Kindheit zurückversetzt. Damals durfte sie hier malen, wenn ihre Mutter mit ihrer Tante am Tisch tuschelte. Die Frauen glaubten, sie würde nicht zuhören, aber sie irrten sich. Vor ihr blieb kein Geheimnis verborgen. Was sie nicht erlauschen konnte, las sie in Sentas Tagebuch nach, das diese im Geheimfach verborgen glaubte. Rosa wusste, was ihre Tante tat. Abtreibungen, Geburten, Beschwörungen, der Blick in die Zukunft, die Probleme der Frauen. Alles stand da. Was fehlte, waren Namen. Für die sorgte Rosas Fantasie. Es gab keine spannendere Lektüre für Sentas Nichte, bis sie eines Tages den Eintrag fand: Rosa, du missbrauchst mein Vertrauen. Das war das letzte Mal, dass sie das Geheimfach geöffnet hatte.

Jetzt war sie wieder versucht. Sie schaute aus dem Fenster. Der Lichtkegel der Taschenlampe würde ihre Tante ankündigen. Noch war alles dunkel. Sie klappte die Ablage auf und tastete unter dem Aufbau nach der verborgenen Öffnung. Noch ein kurzer Blick in die Nacht, dann fühlte Rosa den ledernen Einband eines Buchs, er fühlte sich glatt und neu an. Sie zog daran und befreite dabei einen Brief, der aus dem Fach flatterte, als wollte er genau bei ihr landen. Sie erkannte die Handschrift ihrer Mutter auf dem Umschlag und steckte ihn in die Tasche ihres Dirndls. Höchste Zeit, denn sie sah, wie sich ein Lichtschein den Weg durch die Nacht brach. Sentas Taschenlampe. Ihr Herz klopfte. Würde ihre Tante den Vertrauensbruch spüren?

Die Tür ging auf und Senta leuchtete in ihr Gesicht. »Was ist los?«, fragte ihre Tante mit einem Blick, der die Antwort zu kennen schien.

Rosa nahm ihr die Taschenlampe aus der Hand. »Ich mach mir Sorgen um Matilda. Ich muss runter. Ich kenn den Weg.«

»Hoffentlich«, sagte Senta und öffnete die Tür für ihre Nichte. Sie wirkte kühl und distanziert, fand Rosa, und ihr schlechtes Gewissen begleitete sie nach draußen.

DU MUSST JETZT TAPFER SEIN

John hatte den Dicken gerade noch rechtzeitig in die stabile Seitenlage gebracht, bevor sich dieser auf dem Kirchenboden erbrach. Eine lebensrettende Maßnahme, daran bestand kein Zweifel.

Der Zweite kam von selbst zu sich, murmelte: »Das wirst du büßen« und lief davon, als würden seine Fersen brennen.

Der Messerstecher wäre ihm sicher gerne gefolgt, aber er konnte nicht, weil John ihm den Arm ausgekugelt hatte. Es war Notwehr und verursachte höllische Schmerzen. Mit seinem Wehgeschrei reizte der Kerl die Akustik der Kirche aus. »Ahhhh! Aua!« und »Mama!«, schallte es von den alten Steinwänden zurück.

Die Töne bohrten sich in Johns empfindliche Gehörgänge. Er war Musiker, aber mit besonderen Fähigkeiten. Er verdankte sie seiner militärischen Ausbildung bei der US-Army. Deshalb hätte er auch die Qual seiner Ohren und des Jammerlappens schnell beenden können. So ein Arm lässt sich wieder einkuppeln, wenn man weiß, wie man ihn anpacken muss. Es wäre ein Beweis christlicher Nächstenliebe gewesen, aber der Mann am Boden hatte versucht, ihn abzustechen. Erst in der letzten Sekunde hatte John reagiert, sonst würde er jetzt am Boden liegen und möglicherweise langsam verbluten.

Mit Blick auf das Altarbild bekreuzigte er sich. Gott hatte ihn gerettet, wie so oft, und Gott würde wollen, dass er sich um seinen Angreifer kümmerte.

Hilfesuchend sah er durch das Fenster rechts vorne. Es galt als das »magische Fenster«, weil es ein Zauberer gestiftet hatte: Siegfried von *Siegfried & Roy*. Der weltberühmte Magier kam aus Rosenheim. Rosa hatte ihm mit einer kräftigen Portion Lokalpatriotismus von dem Mann erzählt, dessen Leitsatz war: »Mit Magie ist alles möglich.« Mit dem Glauben auch, dachte John und widerstand der Versuchung, dem Schreihals am Boden in den Hintern zu treten. Drei gegen einen, das war das Niveau dieses Feiglings in Lederhosen. Er hatte es verdient zu leiden, aber es war nicht an John, dies zu entscheiden. Er zögerte einen Moment.

Neben dem Dicken lag ein Handy. Es war ihm beim Sturz aus der Tasche gefallen. John rief den Notarzt und die Polizei, dann packte er den Arm des Kerls und sagte: »Du musst jetzt tapfer sein, was sicher etwas Neues für dich ist.«

Der Kerl antwortete mit einem schrillen »Ahhhhhhhhh!«, während John seinen Arm wieder in die richtige Position brachte. Es war sein letzter Schrei, dann fing er an zu heulen und wechselte gleich darauf in leises Wimmern. Das Spektrum dieses Kerlchens war kläglich. Vermutlich schämte er sich, weil sich unter seiner Lederhose ein kleiner Alpensee ausbreitete. John rückte ab. Der würde ihm nicht mehr schaden. Von Weitem hörte er die Sirene des Krankenwagens. Oder war es die Polizei? Die Rosenheimer Beamten schienen keinen guten Ruf zu haben, das behauptete zumindest die Aushilfe an der Rezeption seines Hotels. Wenn auch lachend, so hatte sie ihm doch die Warnung mit nach draußen gegeben, sich nicht mit der Rosenheimer Polizei anzulegen. Das konnte kein Zufall sein. John glaubte nicht mehr an Zufälle. »Wir sind uns nie begegnet«, sagte er zu dem Mann am Boden. Der nickte und John verschwand.

LEIHMUTTER WIDER WILLEN

Rosa setzte sich in das leere Bierzelt, in die Ecke einer Box. Sie wollte alleine sein und hier war sie um diese Uhrzeit ungestört. Mit dem Ärmel ihre Jacke wischte sie über das klebrige Orange des Holztisches und zog den Brief aus ihrer Tasche.

Meine liebste Senta,

was ich Dir zu sagen habe, will mir nicht über die Lippen kommen, deshalb muss ich Dir schreiben: Ich weiß, wer meine Tochter, meine Rosa, ausgetragen hat. Geahnt habe ich es immer schon, aber mit meinem großen Glück und Deiner Hilfe konnte ich die Wahrheit aus meinem Leben drängen, bis Madga vor zehn Jahren plötzlich auftauchte und begann, mich zu erpressen. Sie hatte Henry in Rosenheim besucht – jetzt weiß ich, er ist ihr Sohn, Rosas Zwillingsbruder – und klingelte hinterher an meiner Tür. Da stand sie: hager, ergraut und verhärmt, in einem billigen Rock und einer hellblauen Bluse aus Synthetik. Schon früher hat sie sich nicht zu kleiden gewusst, aber das spielt für Frauen wie Magda und Dich keine Rolle, ich weiß. Außerdem roch sie nach Alkohol, trotzdem sprach sie klar. Viele Worte brauchte sie ohnehin nicht: Entweder ich würde zahlen oder sie würde alles öffentlich machen: Das Stachus Rosas Vater ist und sie die leibliche Mutter. Als »Leihmutter wider Willen«, hat sie sich bezeichnet. Ich zahlte. Immer wieder. Sie nannte es den Preis für ein kaputtes Leben und ein gestohlenes Kind, es war Schweigegeld. Die Wahrheit hätte alles zerstört: meine Ehe, unsere Familie, Rosas Erinnerung an ihre Kindheit und auch Dein Leben. Das konnte ich nicht zulassen. Gott möge mir verzeihen, aber ich habe mit dem Gedanken gespielt, Magda zu töten, leider hatte ich nicht die Kraft für eine solche Entscheidung. Ich hatte nie die Kraft für große Entscheidungen. Ich war nie wie Du, so unabhängig und stark. Die einzige Ausnahme war meine Heirat mit Stachus, obwohl nicht ich, sondern er damals die treibende Kraft war. Es gab Momente, da habe ich mich gefragt, ob er mich aus Liebe geheiratet hat, oder um unseren Vater zu demütigen. Am Stammtisch wurde der als Held gefeiert, weil er dem Grafen seine Tochter genommen hat.

Doch, ja, sicher, Stachus hat mich geliebt, aber er war mir nicht treu. Niemand weiß das so gut wie Du. Spreche ich nur von Magda? Es war mir immer bewusst, dass Stachus' Männlichkeit auch Dich angezogen hat, aber ich stelle Deine Loyalität nicht in Frage. Was auch immer geschehen ist, Dir ist alles verziehen. Du hast mir mein Kind geschenkt und damit mein Leben gerettet. Rosa und auch Matilda sind der Sinn meines Lebens. Ich danke Dir von Herzen, Senta! Was in meinem Leben Bedeutung hatte, mein Kind und mein Enkelkind, verdanke ich Dir. In gewisser Weise verdanke ich Dir auch Stachus. Was Du getan hast, hast Du aus Liebe getan.

Magda hätte keine zwei Kinder großziehen können, das hat sie selbst gesagt. Sie hat gestanden, dass sie kein Kind wollte und es nur ausgetragen hat, weil Du ihr versprochen hast, Dich darum zu kümmern. Dass sie den Jungen dann doch mitgenommen hat, hat sie mit ihrer Liebe zu Stachus begründet. Sie wollte ein Stück von ihm behalten. Ich hätte auch beide Kinder gerne genommen. Henry weiß nicht, wer sein Vater ist, behauptet Magda, und Stachus darf nie erfahren, dass ich alles weiß.

Ja, ich will Dir von Herzen danken, solange noch Zeit dazu ist. Hüte mein Geheimnis und sollte ich vor Dir gehen müssen, dann schütze meine Tochter vor dieser Frau.

Sei umarmt liebste Schwester, sei umarmt mit einem Dank, der in keine Worte zu fassen ist und lass uns bitte niemals darüber reden. Vernichte diesen Brief.

Deine Dich liebende Schwester Ambrosina

Rosas Tränen tropften auf die Tinte. Hatte Senta den Brief für sie aufgehoben? Sollte sie ihn finden? Ambrosinas Dank löste sich in Salzwasserpfützen auf.

SIE SIND ZU SPÄT

John lief auf den Max-Josefs-Platz und setzte sich auf die Stufen des Nepomukbrunnens. Auf die Vorderseite. Sollte Rosa aus dem Fenster schauen, würde sie ihn sehen. Die Polizei war inzwischen sicher schon in der Kirche, der Notarzt auch. In der Wohnung von Rosas Vater brannte noch Licht. Er dachte an Stachus, der seine Tochter damals gerne an der Seite seines fülligen Braumeisters gesehen hätte. Aber Rosa hatte einen bessern Geschmack als ihr Vater, nicht nur in der Musik, sondern auch bei den Männern. Wirklich? Immerhin hatte er sie mit ihrem Kind im Stich gelassen. Was bildete er sich ein, hier wieder aufzukreuzen und in Rosas und Matildas Leben einzudringen? Was hatte er den beiden zu bieten? Nun gut, er war wohlhabend. Fast reich, weil er seine Gagen als Songwriter und Studiomusiker klug investiert hatte. Jetzt hätten sie die Mittel, um eine Musikkneipe in den USA zu eröffnen, er und Rosa und ihre gemeinsame Tochter Matilda. Sie könnten endlich als Familie leben. Schritte rissen ihn aus seinen Gedanken. Ein Mann kam auf ihn zu. Es war der blonde Mann, der Rosa im Bierzelt geküsst hatte.

»Warten Sie auf Rosa?«, fragte er.

Verdutzt nickte John.

»Sie sind zu spät gekommen«, sagte Klemens.

»Vielleicht auch nicht«, erwiderte John, stand auf und ging. Klemens ließ ihn ziehen.

EIN HOFFNUNGSSCHIMMER

John musste Rosa sehen. Sofort. Mit einem Blick zum Himmel bat er um Hilfe und lief wie ferngesteuert Richtung Loretowiese zum Herbstfest. Er nahm den Eingang Herbststraße und lief die Flötzingergasse entlang am Zelt der Brauerei Flötzinger vorbei, Stachus' Konkurrenz. Nichts rührte sich, abgesehen von ein paar Servietten, die der Wind über den Asphalt trieb. Er sah die Umrisse des Riesenrads und war versucht seine Richtung zu ändern, aber eine vage Hoffnung trieb ihn zum Hirschvogel-Zelt. Durch die blau-weiße Zeltplane glaubte er Licht zu sehen. Ein Hoffnungsschimmer seiner Fantasie? John wusste, wie man in das Zelt gelangte und fand das Schlupfloch, das er gesucht hatte. Dann sah er sie. Sie weinte. »Rosa …«

EIN HEILIGER WAR ICH NIE

Es würde eine schlaflose Nacht werden, also konnte er auch seine Arbeit fortsetzen. Stachus holte den Anfang seiner Abschiedsrede aus dem Schreibtisch und setzte sich an den Platz, an dem er Klemens gerade erst niedergerungen hatte. Musste er jemanden um Verzeihung bitten?

Die Menschen, denen er wirklich etwas schuldete, waren tot: Ambrosina, Magda, Henry. Und Rosa? »Ich habe mich ihr gegenüber immer korrekt verhalten«, bestätigte sich Stachus laut. Er hatte dem Findelkind eine Heimat gegeben, als er noch nicht einmal ahnen konnte, dass es sein eigen Fleisch und Blut war. Dass Rosa seine Stärke und seinen Dickkopf hatte, stellte sich erst viel später heraus, als sie darauf bestand, ihr Kind zur Welt zu bringen. Das Kind dieses verantwortungslosen Amerikaners. Und was war er selbst?

Er schrieb ein weiteres Gstanzl für seine Grabrede nieder:

Ein Heiliger war ich,
das wisst ihr, noch nie,
aber ein ehrlicher Wirt
und jetzt leg ich mich hie.

Stimmte das? Ja, seinen Gästen hatte es nie an etwas gemangelt. Und seinem Sohn? Dem konnte er nicht helfen, er wusste ja nicht einmal, dass dieser existierte. Stachus legte den Stift beiseite. Wieder einmal hatte er sich bewiesen: Gstanzl helfen immer.

EIN RESTPOSTEN IHRER SELBST

Ihre Wimperntusche schwamm mit den Tränen über ihr Gesicht. Rosa wusste, wie das aussah: zum Fürchten, aber John schien keine Angst zu haben.

Er setzte sich zu ihr an den Biertisch und nahm ihre Hände in die seinen. »Baby, was ist los?« Es war ziemlich lächerlich, eine Frau Ende 50 »Baby« zu nennen, aber es klang so gut wie früher. John schaffte es, die vier harmlosen Buchstaben mit Melodie, Zärtlichkeit und Sex zu verschärfen. Seine Stimme nahm sie mit auf eine Zeitreise.

Für einen Moment fühlte sich Rosa jung, knackig, straff und naiv genug, um den Versprechungen der Liebe zu glauben. Aber als sie die Gebrauchsspuren auf ihren Händen sah, war der Ausflug vorbei. Die Realität hatte ihn beendet. Sie war keine 20 mehr, sondern gezeichnet von Falten, Fettröllchen, Cellulitis und Brüsten, die nachdrücklich der Schwerkraft folgten. Gleiches galt für ihren ehemals attraktiven Arsch. Rosa war zu einem Restposten ihrer selbst geworden und saß dem Mann gegenüber, dem sie gerne ihre jüngere Version präsentiert hätte. Sie wollte schön für John sein, das wurde ihr in diesem Moment bewusst.

Als könnte er ihre Gedanken lesen, sagte er: »You are beautiful.«

»Lügner!«

»Du wirst für mich immer die schönste Frau der Welt bleiben.«

»Mach dich nicht über mich lustig.«

»Wir sind beide nicht mehr jung.«

»Zu dir war das Alter gnädiger.«

John sah zwar etwas mitgenommen aus. War das Blut auf seinem Hemd? Aber er war noch immer ein großer, muskulöser, wunderschöner Mann. Ein Frauentyp. Es würde ihm nicht an Angeboten mangeln. Diese Gewissheit rollte als kleine Eifersuchtswelle durch Rosas Brust und brachte ihr Selbstbewusstsein noch mehr ins Wanken. Sie versuchte es zu stützen, indem sie sekundenschnell eine Mauer aus Kälte und Distanz zwischen John und sich stellte. Sie würde sich nicht lächerlich machen, außerdem musste sie nachdenken.

Sie hatte erfahren, dass ihre Mutter sie nicht geboren und ihr Vater ihre Mutter betrogen hatte und sie hatte keine Ahnung, was das für ihr Leben bedeutete. Bedeutete es überhaupt etwas? Ihre Kindheit war vorbei – und es war eine gute. Sie hätte sich keine liebevollere Mutter wünschen können. Vermutlich hatte sie das große Los gezogen, als Magda beschloss, ihre Tochter wegzugeben. Hätte ihr Ambrosina irgendwann die Wahrheit sagen sollen? Je enger ihre Familienbande wurden, umso bedeutungsloser erschien sie ihr vermutlich, weil sich eine neue Wahrheit entwickelt hatte: Ambrosina war ihre Mutter, sie war ihre Tochter, egal, in welchem Körper sie entstanden war.

»Du bist die Eine für mich. Immer gewesen. Immer noch«, unterbrach John ihre Gedanken. Er tupfte ihr mit einem Taschentuch die Tränen-Tusche-Mischung von den Wangen, sah ihr in die Augen und sagte: »I want to make love to you.«

INSTINKTSACHE

Er hatte sie verführt, zärtlich und leidenschaftlich. Jetzt saß Rosa auf seinem Schoß und bewegte sich in ihrem Rhythmus. Mit jedem Stoß kehrte Leben in ihren Körper zurück und ein Gefühl der Zeitlosigkeit. Das war nicht Klemens, der unter ihr stöhnte, das war eine Urgewalt. Es war John. »I missed you so much!«

Ihr Liebesleben mit ihrem Klemens war nicht von Höhepunkten gezeichnet, sondern von einer freundlichen Übereinstimmung, wobei er mehr mit ihr übereinstimmte, als sie mit ihm. Ihr fehlte die Zügellosigkeit und bis zu dieser Nacht hatte sie es auf ihr Alter schieben können. Sex verlor mit den Jahren an Bedeutung, redete sie sich ein. Wer bereit ist, in den Hafen der Ehe einzulaufen, rechnet nicht mehr mit Stürmen und hohem Wellengang. Zumindest nicht jenseits der 50.

Nun gut, sie hatte auch nicht damit gerechnet, jemals wieder im leeren Bierzelt Sex zu haben, auf Tischen, Bänken und an die Bühne gelehnt. Plötzlich war da, was gefehlt hatte, auch wenn sie es sich nicht eingestehen wollte. John hatte ihre geheimen Sehnsüchte erfüllt, was ihm irgendwie auch zustand, schließlich war nicht zuletzt er dafür verantwortlich. Er war ihr Erster gewesen. Plötzlich war alles wieder da, und Klemens ganz weit weg. Allerdings nicht so weit, wie Rosa vermutete.

»Mein Instinkt hat mich nicht getrogen.«

Eine kraftlose Stimme schleppte sich an Rosas Ohr. Sie war kaum zu hören, weil John immer lauter stöhnte, aber Rosa erkannte ihren Klang trotzdem. Schockiert riss sie die Augen auf. Klemens war im Zelt. Ihr Verlobter. Und sie saß auf John.

»Come on, baby!«, raunte er.

»Sie sind verhaftet«, brüllte Klemens. Die Kraft war in seine Stimme zurückgekehrt, jetzt hörte ihn auch John und öffnete die Augen. »Oh shit!«

AB JETZT NUR NOCH ZUSAMMEN

Matilda hatte schlecht geschlafen. Immer wieder musste sie daran denken, wie Alois sie an seiner Türe abgewimmelt hatte. Außerdem sprangen die Worte ihrer Tante von Hirnzelle zu Hirnzelle. Hatte Senta recht und Matilda konnte in Rosenheim wirklich nicht mehr wachsen? Was meinte die Tante mit den pappigen Worten: »Folge deinem Herzen«? Sicher nicht Alois, denn der schlug einem die Tür vor der Nase zu, wenn man ihm folgte. Ihre Band hatte ihr gekündigt und ihr Vater wollte sie kennenlernen. Na, gute Nacht, aber es war früh am Morgen und der Wecker klingelte. Matilda schlug ihn zur Strafe auf den Kopf, aber es nützte nichts. Er klingelte weiter, bis sie merkte, dass es ihr sogenanntes Smartphone war. Von wegen smart, dummes Ding! Alois war dran.

»Ich hab geschaut, ob du noch vor meiner Tür bist, aber du warst leider schon weg«, begrüßte er sie. Arschloch!

»Und ich hab geschaut, ob du vor meiner Tür um Vergebung winselst, aber du warst leider noch nicht da«, sagte sie.

»Blöd, wenn so viele Türen zwischen uns sind.«

»Gut so!«

»Matilda«, summte er ihr ins Ohr und bediente sich

dabei bei Harry Belafonte. »Matilda. Wenn ich dir Frühstück bringe, lässt du mich dann rein?«

»Nur, wenn du die Brezen und Semmeln beim Wolter holst und den Kaffee im Aran. Natürlich nicht im Plastikbecher.«

»Immer korrekt zur Umwelt«, zog er sie auf.

»Wenn du nichts begreifst, mach's wenigstens für dein Image, dann haben alle was davon.«

»Mein Image ist mir doch so Wurscht.«

»Sagt der Mann, der mir Valentin abwerben wollte, um auf dem Regenbogen Schwung zu holen.«

»Ein unwiderstehliches Angebot. Er hat zugesagt.«

Das auch noch! Matilda war enttäuscht, aber ihr Stolz verbarg das Gefühl gekonnt und ließ sie sagen: »Beeil dich, ich hab Hunger.« Hatte sie den gar keinen Stolz? Ach, erst kommt das Fressen, dann die Moral, der Stolz und all die anderen Spaßbremsen, beruhigt sich Matilda.

30 Minuten später stand Alois mit dem Frühstück vor der Tür und kündigte an: »Nach dem Essen geht es los. Wir haben einen Auftritt.«

»Zusammen?«

»Ab jetzt nur noch zusammen«, lachte er und Matilda gelang es nicht, sich vor seinem Charme zu hüten. Erst recht nicht, als er seinen Worten Taten folgen ließ. Zwischendurch hatte sie den Eindruck, er bewundere seinen eigenen Körper mindestens so sehr wie den ihren, aber da er sich um beide kümmerte, störte sich Matilda nur ein bisschen daran.

Hinterher sagte er: »Und jetzt wird geheiratet.« Er meinte es ernst. Wie bitte?

»Ja, zieh dir was Hübsches an.«
»Drehst du jetzt völlig durch?«
»Wirst sehen, es lohnt sich.«

MITTEN INS HERZ

»Dreh dich um«, bat Rosa den Mann, der ihr Verlobter war, um sich von John lösen zu können. Körperlich war sie noch immer mit ihm verbunden. Genauer: Er steckte in ihr fest, aber was sich vor wenigen Minuten noch wie der Himmel angefühlt hatte, war jetzt das Höllenfeuer. Rosa schämte sich wie noch nie zuvor in ihrem Leben. Sie wollte im Erdboden versinken, aber die alten Bretter des Hirschvogel-Zeltes bewegten sich nicht. Es gab keine Gnade für die Sünderin. Sie stand vor ihrem Richter: Klemens.

Er baute sich mit verschränkten Armen vor den beiden auf. In seinem Gesicht verbanden sich Enttäuschung und Ekel zu einer Grimasse. »Wenn ich mich umdrehe, haut er mir ab«, antwortete Klemens und starrte weiter auf das Paar.

»Ich hau nicht mehr ab«, versprach John und es war nicht klar, ob die Information für Klemens oder Rosa gedacht war.

»Darauf hat sich die Rosa schon einmal verlassen. Ein Fehler, wie wir wissen«, sagte Klemens.

Rosa versuchte, die beiden für einen Moment zu ignorieren, befreite sich und hob ihren Slip vom Boden auf. John erhob sich in Zeitlupentempo und packte ein, was er nicht verbergen musste. Die Natur hatte es gut mit dem Amerikaner gemeint. Er war Klemens um Längen voraus – und Rosa schämte sich im selben Moment für diesen Gedanken. Was sollte sie sagen?

»Klemens, es tut mir leid.«

»Dass ich euch erwischt habe?«

»Lass uns darüber reden. Bitte.«

»Es gibt nichts mehr zu reden.«

Klemens griff unter seine Jacke, dorthin, wo seine Dienstwaffe saß. Er zog sie und zielte auf John. »Mitten ins Herz«, sagte er mit einem Seitenblick auf Rosa. »Mitten ins Herz.« Eine Träne entkam seinem linken Auge und weitere folgten. Klemens ließ das Wasser laufen und verzog keine Miene. Es war das erste Mal, dass Rosa Klemens weinen sah. Seit Jahren war die Rollenverteilung andersherum: Sie weinte, er tröstete. Er war immer für sie da gewesen und diese Demütigung hatte er nicht verdient. Er senkte die Pistole. »Es ist vorbei«, sagte er zu Rosa. »Morgen hol ich meine Sachen aus deiner Wohnung.«

»Lass uns wie Erwachsene reden«, sagte John.

»Halt's Maul«, erwiderte Klemens. »Du kommst jetzt mit aufs Revier.«

»Bleib fair«, bat Rosa.

»Fair bleiben? Du hast gerade mehr als 30 gemeinsame Jahre weggevögelt. Du hast mein Leben zerstört, aber darin hast du ja Übung. Es wird dir nur leider kein Glück bringen, weil dir der Kerl auch diesmal nicht bleiben wird.«

Zu John sagte er: »Ich verhafte Sie wegen versuchten Totschlags.«

»Das geht zu weit!«, schrie Rosa, die dabei war, ihre Nerven zu verlieren. »Er hat dir nichts getan.«

»Mir nicht, aber drei anderen«, sagte Klemens, der seine Fassung scheinbar gerade wiedererlangte. Mit einer Hand holte er sein Handy aus der Tasche und rief seine Kollegen. Dann legte er John Handschellen an und wiederholte: »Ich verhafte Sie wegen versuchten Totschlags.«

EIN GESCHENK DES HIMMELS

Alois Wagen brauste auf der A8 Richtung München. Auf der Überholspur. »Das passt zu meinem Lebensgefühl«, erklärte er Matilda. Sie waren auf dem Weg zu einer Hochzeit. Ein prominenter Fußballer des FC Bayerns hatte Alois' Band für die gute Stimmung engagiert. Seine Braut, ein blondes Model, war begeistert von der Idee gewesen. Bis sie heute Morgen ihre Meinung änderte und die Stressfähigkeit ihres Bräutigams testete. Eine bayrische Band wäre dann doch etwas zu provinziell, befand sie. Für den Start in ein gemeinsames Leben mit dem Kicker wollte sie »die Welt auf der Bühne und keinen Chiemgauer Bauern, der in Lederhosen die Landliebe feiert«. Verzweifelt rief der Fußballer den Bandleader an und wiederholte die Worte seiner Auserwählten. Ob sie die Richtige war, bezweifelte er in diesem Moment. Immerhin kam auch er aus der bayrischen Provinz. »Eben darum musst du dich weiter entwickeln«, konterte die Frau, die er bald die die Seine nennen durfte, während seine Mutter weiter von »Barbie« sprechen würde. Sie hatte ihn gewarnt, er hatte sie trotzdem gefragt und da stand er nun und musste am Morgen seiner Hochzeit das Musikprogramm ändern.

»Sie will Blues, Pop, Rock. Also, sie will alles. Amy Winehouse, Rihanna, Taylor Swift und Lady Gaga.

Schwarz wäre ideal. Mit einem richtigen Afro auf dem Kopf, meint sie. Weißt schon.«

Alois wusste es nicht, aber er versprach trotzdem, ihm helfen zu können.

»Sie darf auf keinen Fall im Dirndl auftreten«, sagte der Fußballer.

Das wird schwierig, dachte Alois und sagte: »Klar Mann!«

Jetzt erzählte er Matilda von der Geschichte und der Notwendigkeit eines neuen Bühnenoutfits.

»Wie sieht es mit der Gage aus?«, fragte sie.

»Ums Geld geht es mir heute nicht. Ich freue mich, dass wir zusammen auftreten. Wir zwei.«

»Aber umsonst machst du es nicht.«

»Natürlich nicht.«

»Ich auch nicht«, sagte Matilda und bestand auf der Hälfte der Gage und einem neuen Bühnenoutfit.

»Ich finde, du übertreibst«, sagte Alois.

»Und deshalb bin ich froh, dass es dir heute nicht um Geld geht, sondern nur um uns zwei«, überging Matilda Alois' Äußerung. »Außerdem hab ich einen Afro auf dem Kopf, das kostet extra«, scherzte sie und Alois wuschelte ihr durchs Haar. Was sie als Kind gehasst hatte, weil sich jeder dazu berechtigt fühlte, konnte sie heute genießen.

Sie hatte nur noch ein Problem: ihre Reisegruppe. »Ich muss ihnen heute Nachmittag Kloster Seeon zeigen.«

»Du musst heute zeigen, was du kannst. Um die Amis soll sich eine andere kümmern«, bestimmte Alois.

Nur wer? Karola! Die konnte Abwechslung gebrauchen. Das würde sie auf andere Gedanken und Themen bringen. Vielleicht würde sie dann endlich aufhören, fast ausschließlich von ihren Kindern zu sprechen, was nervte, aber verständlich war, weil sonst in ihrem Leben nichts Aufregendes passierte. Nicht einmal ihr Mann. Sie rief die Freundin an. Wie erwartet, fand Karola zwei Gründe, warum sie Matilda nicht vertreten konnte: ihren Sohn und ihre Tochter.

»Du musst meinen Job retten, sonst weiß ich nicht, wovon ich in Zukunft leben soll. Du weißt doch, wie eng es immer ist.« Das wusste Karola und sagte zu. Sie würde ihre Kinder in Trachten stecken, mitnehmen und singen lassen. So konnten sie sich ein wenig Taschengeld verdienen, meinte Karola.

»Diese Freundin ist ein Geschenk des Himmels«, freute sich Matilda.

»Das bin doch ich«, widersprach Alois.

»Das kannst auf der Maximilianstraße beweisen«, erinnerte Matilda an ihr Bühnenoutfit. Sie passierten gerade das Ortsschild von München.

EINE FAMILIEN-ANGELEGENHEIT

Schon wieder musste Stachus seinen Freund Guggenbichler zu Hilfe holen. Seine Tochter stand vor seiner Tür, in einem Zustand, in dem sich keine anständige Frau auf die Straße trauen sollte, aber das sagte er ihr nicht, sondern schenkte ein.

Rosa kippte den Schnaps, als hätte sie jahrelang am Stammtisch trainiert. Dann knallte sie das Glas auf den alten Küchentisch und sagte: »Noch einen!«.

Stachus ignorierte ihr Kommando und setzte Kaffeewasser auf. Er ahnte, dass Vater und Tochter einen klaren Kopf brauchen würden. »Erzähl«, forderte er sie auf und die Worte schienen aus Rosas Mund zu stürzen, von Panik in den Raum gestoßen, ohne Zusammenhang und ohne Sinn. Es dauerte, bis Stachus begriffen hatte: Rosa wusste jetzt, wer ihre leibliche Mutter war, was aber in diesem Moment keine Rolle spielte, weil der Mann, den sie zu lieben glaubte, von dem Mann, mit dem sie bis vor einer Stunde noch verlobt war, verhaftet worden war.

»So ein kleiner Ausrutscher ist doch noch lange kein Grund sich zu trennen«, sagte Stachus.

»Er hat John verhaftet«, erinnerte Matilda.

»So viel Tatkraft hätte ich dem Klemens gar nicht zugetraut. Der überrascht mich, der Bursche«, sagte er anerkennend.

»Er hat ihn wegen versuchten Totschlags verhaftet«, stellte Matilda klar.

»Da siehst, was für ein brutaler Kerl dein Amerikaner ist. Erst verführt er dich und dann will er die Konkurrenz erschlagen. Eingesperrt gehört der. Das hat der Klemens schon richtig gemacht. Und ich hab immer schon gewusst, dass der Mann kein Umgang für dich ist. Das hat auch nichts mit seiner Hautfarbe zu tun. Ich hab nichts gegen Schwarze, zumindest nicht politisch.«

»Papa, das kannst jetzt nur wieder gutmachen, wenn du ihm hilfst.«

»Ich bin auf Klemens' Seite.«

»Du solltest auf meiner Seite sein.«

Stachus stand auf und holte Kaffeetassen. Hinter seinem Rücken hörte er seine Tochter sagen: »Ich lieb den John.« So musste sich der alte Graf Greifenstein gefühlt haben, als Ambrosina ihm damals gebeichtet hatte, dass sie sich in einen einbeinigen Wirt verliebt hatte. Wo die Liebe hinfällt. Da spritzt halt manchmal Dreck auf, nicht wahr?

»Stell dir vor, die Mama hätte einen Kerl genommen, der ihrem Vater gefallen hat. Du wärst doch sofort aus dem Rennen gewesen. Ich hab's zumindest versucht.«

»Deine Mutter war gut bei mir aufgehoben, aber dein Ami hat keinen Charakter. Wer eine Frau einmal so sitzen lässt, macht das auch ein zweites Mal.«

Es war Zeit, auf Kaffee umzusteigen. Stachus versuchte, Milch in die Tassen zu zielen, aber sie plätscherte auf die Anrichte. Ihm war, als stünde seine verstorbene Ambrosina neben ihm und flüsterte in sein Ohr: »Wer frei von Sünde ist, werfe den ersten Stein.« Vermutlich soufflierte ihr der liebe Gott im Himmel den Text.

»Papa, der John und ich, wir haben schon genug Zeit verloren. Fast ein ganzes Leben. Du musst uns helfen. Bitte.«

»Was soll ich tun?«

»Im Wirtshaus und im Bierzelt für die richtige Stimmung sorgen und für den richtigen Anwalt.« Stachus überlegte.

»Dafür kümmerst du dich um die Beerdigung vom Haudrauf-Henry. Er hat ja sonst keinen.«

Rosa dämmerte es. »Ist das eine Familienangelegenheit?«

Stachus nickte und nutzte die Gelegenheit: »Apropos Beerdigung. Bei meiner eigenen möchte ich die Grabrede halten. Sie ist noch nicht ganz fertig, aber wenn es soweit ist, verlass ich mich darauf, dass kein anderer Depp das Wort ergreift. Versprochen?«

Jetzt war es an Rosa zu nicken, obwohl sie nur die Hälfte von dem verstand, was ihr Vater sagte. Dann stand sie auf, wischte die Milch weg und servierte den Kaffee. Das konnte sie einfach besser als Stachus.

DIE NEHME ICH

Die Verkäuferin hatte Alois erkannt und war bereit, seiner »Backgroundsängerin« ein passendes Bühnenoutfit auszusuchen. »Nichts zu Auffälliges, du sollst schließlich an ihrer Seite nicht verblassen«, biederte sich das Fräulein bei Alois an. Sie hatte ihn bereits live erlebt, aber nicht »live genug« wie sie befand, während sie um ihn herumstöckelte und Matilda wie nebenbei ein olivfarbenes Kleid reichte.

»Ich hab nicht vor, als Hintergrund aufzutreten«, beschwerte diese sich, aber die Verkäuferin winkte ab.

»Weniger ist mehr, das weiß man doch.«

»Offensichtlich nicht alle«, konterte Matilda und musterte ihr Gegenüber. Irgendwie kam ihr die aufgerüschte Frau auf den hohen Absätzen bekannt vor, auch die Stimme erinnerte sie an etwas. »Bist du aus Rosenheim?«, fragte sie.

»Ja mei! Sieht man das?«, fragte die Frau geschmeichelt und wandte sich an Alois. »Wir sind sozusagen aus demselben Stall.« Vermutlich war es das einzige Mal, dass sie in München gerne zugab, aus Rosenheim zu stammen. Die schlimmsten Rosenheimerinnen sind Möchtegern-Münchnerinnen – was wieder einmal bewiesen war, dachte Matilda.

»Jetzt weiß ich, woher ich dein Wiehern kenn«, erinnerte sich sie plötzlich. »Du bist neulich vor mir zum Herbstfest gestöckelt, neben so einem schweren Brummer, der dich abserviert hat.«

»Du meinst wohl schwer*reicher* Brummer und abserviert hab ich ihn«, berichtigte die Frau, die sich bei Alois gerade als »Milena, aber du darfst Milly zu mir sagen« vorstellte.

»Ich find hier nichts, Alois. Lass uns gehen«, sagte Matilda.

»Du nicht, aber er schon«, grinste ihre selbsternannte Konkurrentin und zwinkerte Alois zu.

Matilda war gespannt. Jetzt würde sich zeigen, wie loyal der Mann war, mit dem sie den heutigen Morgen begrüßt hatte. Der schwenkte seinen Blick über die Kleider auf der Stange, griff ein knallrotes Kleid heraus und sagte: »Rock me, baby!« Matilda konnte es gerade noch auffangen. Es saß wie eine zweite Haut. »Die nehme ich«, sagte Alois und zeigte auf Matilda. »Der zahlt«, antwortete Matilda grinsend, »schwerreicher Typ«. Milly sagte nichts mehr.

WENN DIE GESCHICHTE ERST EINMAL DRAUSSEN IST

John wartete im Büro von Klemens Münzinger darauf, verhört zu werden. Die Sekretärin des Kommissars leistete ihm Gesellschaft und spielte dabei mit dem Diamantring an ihrem Finger.

»Erinnern Sie sich an mich?«, fragte sie. »Ich hab neulich im Hirschvogel meinen Jungfrauen-Abschied gefeiert. Als ob heute noch eine Jungfrau wäre.« Sie kicherte und John grinste.

»Hauptsache, es klappt mit der Liebe«, sagte er lächelnd.

»Ich hätte ja nicht gedacht, dass Sie so brutal sind und so stark, wo Sie doch so romantisch rüberkommen. Wie ein schwarzer Prinz.« Sehnsucht war in ihren Augen.

»Wieso brutal?« John konnte nur ahnen, wovon die Frau sprach. Klemens hatte auf dem kurzen Weg ins Präsidium geschwiegen. Das Herbstfest und das Präsidium waren nur durch eine Hauptstraße voneinander getrennt.

Dafür war seine Sekretärin umso redseliger: »Na, Sie haben drei Männer umgehauen und das waren richtige Lackl. Ich kenn die. Und dann auch noch in der Kirche.« Sie starrte auf den Ausschnitt, den sein Hemd am Hals freigab, und bemerkte: »Dabei tragen Sie doch ein Kreuz oder ist das nur Modeschmuck?«

»Ich glaube an Gott«, sagte John ernst.

»Ich auch, deshalb will ich ja kirchlich heiraten, bevor es ganz aus der Mode kommt. Und Sie, sind Sie verheiratet?«

»Verwitwet«, sagte John und die Frau wirkte ehrlich betroffen.

»Das tut mir leid.«

Dann ging die Tür auf und herein kamen drei bekannte Gesichter: Klemens, Rosa und Stachus. Ihnen folgte ein Herr im dunklen Anzug. Stachus stellte ihn als »Julius Artmann, der Staranwalt unserer Stadt« vor.

Der Staranwalt winkte ab, während er gleichzeitig zustimmend nickte. Dann ging es zur Sache, die Artmann nach einem kurzen intensiven Gespräch mit John wie folgt zusammenfasste: »Ehemaliger US-Soldat kommt auf der Suche nach seiner alten Liebe zurück nach Bayern. Geht in die St. Nikolaus-Kirche, um zu beten. Drei gewaltbereite, betrunkene Männer folgen ihm, weil sie ihn aufgrund seiner Hautfarbe verdächtigen, Übles im Sinn zu haben. Während der US-Bürger vor dem Altar kniet, schleichen sie sich von hinten an ihn heran und greifen an. Einer sogar mit einem Messer. Mein Mandant hatte keine andere Wahl, als sich zu wehren. Das war Notwehr.« Artmann gönnte sich eine kleine Kunstpause, bevor er die Story garnierte: »Bevor er sich selbst in Sicherheit brachte, rettete John Williams einem Angreifer das Leben, indem er ihn in die stabile Seitenlage brachte, und den zweiten befreite er von unerträglichen Schmerzen und renkte seinen Arm wieder ein.« Eine weitere Kunstpause und Artmann formulierte die Schlagzeile: »Rassismus in Rosenheim.« Angewiderte schüttelte der den Kopf. »Schlimm, schlimm, aber wenn die Geschichte erst einmal draußen ist, lässt sie sich nicht mehr aufhalten. Noch ist die Presse nicht informiert.«

Dann war es still im Raum, bis die Sekretärin das Fenster öffnete und den Lärm der Straße und die ersten Klänge des Herbstfestes ins Zimmer einlud.

»Haben Sie die drei Angreifer schon festgenommen?«, fragte Artmann und bohrte seinen Blick in Klemens' Augen. Der Kommissar schaute betreten weg, aber Stachus wetterte: »Die Wahrheit hat viele Gesichter, nicht nur das von John Williams.« Er vergaß, was er seiner Tochter Rosa versprochen hatte. Das konnte passieren, in seinem Alter, fand er.

DA HILFT NUR HOFFNUNG

Stachus war eine Führungspersönlichkeit. Zielsicher lenkte er Klemens über die Loretowiese. Zuerst hatte sich dieser gesträubt, aber als ihn Stachus daran erinnerte, dass sie nicht nur eine alte Freundschaft, sondern jetzt auch eine große Gemeinsamkeit hatten, nahm Klemens die Einladung an.

»Enttäuscht und allein, das sind wir«, stimmte er dem Mann zu, der nun nicht sein Schwiegervater werden würde.

Stachus nickte, während sie das Hirschvogel-Zelt ansteuerten und er seinen Lieblingsspruch abspielte: »Mein Freund, Essen und Trinken hält Leib und Seele zusammen.« Ein weiser Spruch, den ein ebenso weiser Wirt erfunden haben musste.

»Mir fehlt's aber am Herzen«, meinte Klemens.

»Da hilft nur Hoffnung und die solltest du nicht aufgeben.«

»Meinst wirklich?«, fragte Klemens.

»Mhmmhhh«, murmelte Stachus, um eine Lüge zu vermeiden.

Klemens straffte seine Schultern, und sein Kopf bewegte sich um ein paar Grad nach oben, während sich Stachus insgeheim fragte, was wohl Rosa davon halten würde, dass er Klemens im Schlepptau hatte. Sie war vorausgegangen und schon im Zelt.

Blasmusik begrüßte die Männer am Haupteingang. »Das ist Musik, die mir gefällt«, freute sich Stachus und winkte seiner Tochter auf ihrem Chefposten zu. Ihr Lächeln verschwand in dem Moment, als sie Klemens wahrnahm, und nahezu synchron fielen dessen Schultern wieder nach vorn. Er war ein Sensibelchen.

»Das war keine gute Idee.« Klemens' Augen wirkten glasig und der Schmerz unter der Wasseroberfläche reichte weit.

Stachus hatte Mitleid, auch wenn er nicht wusste, wie sich ein gebrochenes Herz anfühlte. Er hatte Glück gehabt im Leben, abgesehen von seinem Bein, das im Krieg geblieben ist. Zumindest war der Rest von ihm zurückgekommen und es gab immer Frauen in seinem Leben, die ihn liebten, und er liebte Ambrosina. Ein schneller Blick nach oben. Sie hätte auch in dieser Situation die richtigen Worte gefunden. »Übernimm du das bitte«, flehte er ihren Geist in Gedanken an und hoffte, Klemens' Tränen würden nicht über die Ufer treten. In seiner Generation weinten Männer nicht, weshalb er auch nicht wissen konnte, wie man mit Salzwasser umging. Für Überschwemmungen und Gefühlslagen waren Frauen zuständig. Wenn es nach ihm ginge, könnte das so bleiben, aber nichts blieb, wie es war. In den vergangenen Tagen hatte sich die Welt verändert. Klemens war dabei gewesen und fair geblieben. »Bist eine gute Haut«, lobte er den Mann und klopfte ihm kraftvoll auf die Schulter.

»Aber die Guten gewinnen nur in schlechten Filmen«, erwiderte Klemens und blieb stehen. Er wusste nicht wohin.

Stachus entschied sich für einen Standortwechsel und lenkte ihn zur Konkurrenz, zum Flötzinger-Zelt. »Da gibt's gute Hendl«, sagte er.

DAS WERDEN SIE MIR BÜSSEN

John hatte einen Plan: an der Rezeption vorbeischleichen, möglichst ungesehen in sein Hotelzimmer kommen und dann lange duschen und noch länger schlafen. Und danach mit Rosa in ein neues Leben starten.

»Good morning, Mister Williams«, hallte es ihm entgegen. Die Stimme kam aus der Ecke. Dort lümmelte ein Mann mit schlampig gebundener Krawatte auf einem Sessel. Jetzt sprang er auf und streckte John seine Hand entgegen. Sie hielt ein Aufnahmegerät fest. »Gestatten, mein Name ist Geltinger, Adam Geltinger. Ich bin von der Presse. Journalist von Beruf. Und ich weiß, was in der letzten Nacht passiert ist.«

Mit einem beiläufigen »Sorry, aber ich habe Ihnen nichts zu sagen« nahm John Kurs Richtung Aufzug.

Geltinger heftete sich an seine Fersen. »Natürlich haben Sie mir etwas zu sagen. Das weiß ich ganz genau. Ich habe schließlich Quellen.« Der Journalist drängte sich hinter John in den Aufzug. Dieser war zu müde, um den aufdringlichen Kerl abzuwehren. Wieder streckte Geltinger John das Aufnahmegerät entgegen und machte erst eine Handbreit vor seinem Gesicht halt. John schob den Mann sanft, aber bestimmt so weit weg, wie es der Aufzug zuließ, während dieser unbeeindruckt wieder das Wort ergriff:

»John, wie haben Sie sich gefühlt, als Sie in der Kirche angegriffen wurden?«

John hätte es diesem Journalisten gerne demonstriert und stellte sich vor, wie er ihm einen rechten Haken verpasste, direkt in sein dämliches Grinsen hinein.

»Was hatten Sie im Gotteshaus zu suchen, um diese Zeit. Haben Sie für Ihre verstorbene Frau gebetet?«

»Wie kommen Sie darauf?«, fragte John verwirrt.

»Na, meine Verlobte hat mir erzählt, dass Sie verwitwet sind. Sie arbeitet bei der Polizei, als Assistentin von Herrn Kriminalkommissar Klemens Münzinger. Wichtige Position, wie Sie sich vorstellen können und meine wichtigste Quelle, aber das muss unter uns bleiben, wir wollen der Guten ja nicht schaden, nicht wahr.« Er zwinkerte John zu, bevor er die nächste Frage losließ: »Haben Sie die Rosa damals wegen Ihrer Frau verlassen? Ich mein, dass die Rosa von einem Ami sitzen gelassen wurde, weiß ja jeder und welche Farbe er hatte, sieht man an der Matilda. Also rein optisch tippe ich auf Sie als Erzeuger. Manchmal lässt sich das Leben eben doch in Schwarz und Weiß erklären. Wenn Sie mich fragen, sogar meistens. Dass ich diese Kunst beherrsche, schätzen meine Leser sehr.« Er strich sich zufrieden über die Halbglatze. Es fehlte nur noch, dass er sich selbst auf die Schulter klopfte, aber in diesem Moment kam der Aufzug zu einem Stopp. Johns Etage war erreicht.

»Sie entschuldigen mich«, bat John freundlich, während er dem Mann die Nase brach. Es war ganz einfach: Er nahm Geltingers Hinterkopf in die Hand und stieß ihn mit Schwung gegen die Aufzugtür, dabei rief er laut und besorgt: »Passen Sie auf, Sie laufen ja gegen die Tür!«

Geltinger fluchte: »Das werden Sie mir büßen! Mein Blog entwickelt sich zum mächtigsten Sprachrohr von ganz Rosenheim.«

John wusste, er hatte einen Fehler begangen. Darin hatte er Übung, aber diesen hier bereute er nicht. »Jesus!« Er war doch kein Heiliger.

FREMDES GEWEBE

Heiße Luft und Blasmusik wogen Stachus und Klemens entgegen.

»Ja, der Hirschvogel beim Flötzinger«, begrüßte ihn Matthias Gschwendtner, der mit seinen Haderlumpen auf der Bühne für die Mittagsmusik sorgte. Im nächsten Jahr würde Stachus auf einen Exklusivvertrag bestehen.

»Schmeckt dir dein eigenes Bier nicht mehr?« Jetzt wurde der Sauhund auch noch frech. Er sprach ins Mikrofon und erntete Lachen aus den vorderen Reihen.

»Blöd daherreden ist leichter als spielen, gell?«, parierte Stachus, dessen Stimme nicht von einem Mikrofon unterstützt wurde und in der Geräuschkulisse des Bierzelts unterging.

Gschwendtner redete weiter: »Bei dir gibt es ja jetzt eine – wie soll ich sagen – Musik aus dem schwarzen Amerika. Ist das politisch korrekt?«

Stachus hätte ihm am liebsten – völlig unkorrekt – ein paar aufs Maul gehauen, aber er war Wirt und musste den gewaltlosen Weg wählen. Nicht zuletzt, weil Hias Gschwendtner körperlich ein ernstzunehmender Gegner war, geistig allerdings weniger. Stachus ging zur Bühne und ließ sich von einem Haderlumpen ein Mikrofon geben.

»Hias, man sagt ja, du kannst deiner Frau nicht das Wasser reichen. Wenn du magst, darfst ihr ein Bier reichen, wenn sie wieder einmal zu Hause ist.« Er schmiss ihm eine Biermarke vor die Füße und fügte an: »Nichts für ungut und Grüße an die Frau Gemahlin. Die neue Frisur steht ihr gut. Der Friseur auch.«

»Was hatte das zu bedeuten?«, fragte Klemens irritiert. Bosheit gehörte nicht zu seinem Repertoire.

»Man munkelt, sie hat eine Affäre mit ihrem Friseur.«

»Darum schaut die in letzter Zeit so gut aus.«

»Liebe macht schön«, bestätigte Stachus und dachte an Ambrosina. Als er Klemens' bedrückte Mine sah, fügte er hinzu: »Die Rosa schaut heute sehr schlecht aus. Die ganzen letzten Tage schon.«

»Stimmt!« Klemens Miene hellte sich für einen kleinen Moment auf, bevor er sich mit Stachus an einen Biertisch setzte. Schon im nächsten Moment parkte eine Kellnerin ihre vollen Krüge zwischen den beiden Männern.

»Prost, Klemens! So ein Ausrutscher passiert doch jedem einmal. Selbst mir, aber wem sag ich das.« Ja, der Gentest hatte eindeutig bewiesen: Er war Henrys Vater und Magda die Mutter.

Der Kommissar schien dankbar für den Themenwechsel und teilte seinen Verdacht mit Stachus: Henry war in den Tod gestoßen worden. Sein Körper wies Kampfspuren auf und unter seinen Fingernägeln war fremdes Gewebe gefunden worden.

»Henry hatte doch keine Feinde«, behauptete Stachus.

»Du tust ja gerade so, als ob du ihn gut gekannt hättest.«

»Ich war immerhin sein Vater.«

»Offiziell seit wie vielen Stunden?«

»Genetisch sein Leben lang. Er hatte meine Kraft«, sagte Stachus mit Stolz in der Stimme, bevor er wissen wollte, ob die Kripo Magdas Fall abgeschlossen hatte. »Waren es wirklich die Schwammerl?«

»Ja, der Fall Magda Pichlmayr gilt als aufgeklärt.« Heute Nachmittag sollte die Pressemeldung rausgehen. Sie war an einer Pilzvergiftung gestorben. Der Rest der Pilze fand sich im Abfalleimer ihrer Küche, also, der Küche ihres Sohnes. Er schien keine Pilze gegessen zu haben.

»Wer sollte schon Grund gehabt haben, Magda zu ermorden?«, fragte Stachus erleichtert.

»Da musst du dich nur fragen, wer von ihrem Tod profitiert.«

Stachus vermied die Antwort.

ICH REDE VON UNSERER ZUKUNFT

Sie waren großartig in ihren Rollen: Alois gab den lässigen Rocker, das schwarze Hemd bis zum Nabel aufgeknöpft, die Lederhose eng genug, um nichts zu verbergen. Und Matilda war einfach nur »heiß«, wie Alois es beschrieb, in ihrem roten, engen Kleid, zu dem sie barfuß trug. Auf der Fahrt hatten sie sich ein kleines Programm ausgedacht, dass sie nun mit Musikern aus der *Bläser-Bloasn*, die sich heute spontan *The Swagetties* nannten, improvisierten. Matilda sprach ausschließlich mit amerikanischem Akzent Das erfreute die Braut und rettete dem Bräutigam den Tag, was gut war, schließlich würde er bis zum nächsten Morgen andauern. Auf die Gartenparty mit der musikalischen Untermalung von *The Swagetties* in München-Grünwald sollte ein festliches Abendessen in großer Robe folgen, im Hotel Bayrischer Hof. Aus lauter Dankbarkeit hatte der Fußballer Alois und Matilda dazu eingeladen, inklusive Übernachtung im Hotel. »Geil!«, freute sich Alois, als sie nach dem Auftritt am Buffet bedient wurden. Matilda war sich nicht sicher, ob sie die Begeisterung teilen sollte. »Hier können wir Weichen für die Zukunft stellen«, motivierte Alois sie während er sich toten Thunfisch auf seinen Teller legen ließ.

»Das geht gar nicht«, sagte Matilda.

»Hast du gesehen, wer alles hier ist?«

»Ich spreche von dem Thunfisch. Es ist unverantwortlich, Thunfisch zu essen.«

»Mensch, Matilda, ich rede von unserer Zukunft.«

»Das tu ich auch.«

»Kommst heute Abend mit, wenn ich mich besser ernähre?«

»Nicht besser, verantwortungsbewusster.«

»Einverstanden.«

»Ich auch.«

»Und jetzt kommt der Filmkuss«, sagte er und hielt Wort. Dass er eigentlich »Networken« wollte, vergaß er, bis Matilda ihr Smartphone checkte. Ihre Mutter hatte versucht, sie anzurufen. Immer wieder. Und eine SMS nach der anderen gesandt. Die letzte war kurz und klar: Ruf! Mich! An! Dringend!

Zehn Minuten später saß sie im Taxi zum Bahnhof. Alois wollte auf dem Fest bleiben. »Karriere macht man nur, wenn man sich darum kümmert. Das verstehst du doch sicher«, hatte er Matilda erklärt, aber die verstand im Moment gar nichts mehr. Weder ihre Mutter, die von einem Mordfall erzählte und von einem Überfall, aber gleichzeitig behauptete, ihr und Stachus ginge es gut, ja, John auch. Auweia, sie hatte nicht nach Klemens gefragt. Etwas musste mit Klemens passiert sein. Matilda wünschte, sie wäre bereits in Rosenheim, und beschloss, auf die Bahn zu verzichten und im Taxi weiterzufahren. Der Taxifahrer freute sich über die lange Tour. Wenigstens für ihn nahm der Nachmittag eine gute Wendung.

LIEBER GOTT, MACH MICH FROMM

Stachus war ein schneidiger Bergsteiger gewesen in seiner Jugend. Kein Gipfel war ihm zu hoch, keine Strecke zu weit und kein Hüttenabend zu lang. Er erinnerte sich wehmütig an die Zeit, als ihm noch beide Beine zur Verfügung standen. Jetzt starrte er mit seiner Prothese am Fuß auf den Gipfel der Kampenwand und wusste, er musste es aus eigener Kraft nach oben schaffen, bis zu Sentas Hütte. Es würde keine Vergnügungstour werden, aber die Gondel durfte er nicht nehmen. Er wollte nicht gesehen werden, also holte er die Wanderstöcke seiner Tochter aus dem Wagen und marschierte los.

Mit ihm liefen die Erinnerungen. Er war bei den Alpenjägern gewesen, als einer der Jüngsten seiner Truppe, aber Schonung durfte er deshalb nicht erwarten, genauso wenig wie die Menschen, auf die er zielen sollte. Der Krieg hatte ihn zum Mörder gemacht. Als ihm im Lazarett, ohne die Gnade einer Narkose, sein Bein abgesäbelt wurde, empfand er es als Strafe Gottes. Danach hörte er auf, an ihn zu glauben, nur manchmal sehnte er sich nach dem kindlichen Vertrauen zurück, mit dem er als kleiner Junge abends seine Sorgen in Hände gelegt hatte, die so viel größer waren als seine eigenen. Er hörte sich murmeln: »Lieber Gott, mach mich fromm, dass ich in den Himmel komm.« Wer den

Glauben mit der Muttermilch aufgesogen hat, dem stößt er zeitlebens auf, ob es ihm passt oder nicht. Mir soll es recht sein, dachte Stachus und half sich mit einem Gstanzl über den steinigen Weg.

»Der liebe Gott, der sieht alles,
darum schaut er oft weg.
Da hilft dann auch beten nicht,
hat doch keinen Zweck.

Trotzdem hoff ich, dass am Ende
das Tor weit aufgeht.
Und neben dem Heiland
meine Ambrosina steht.

Ach, Ambrosina, meine Liebe,
es tut mir so leid,
jetzt …«

Stachus wurde unterbrochen, noch bevor er die dritte Strophe zu Ende singen konnte. Er war nicht überrascht, er hatte es kommen sehen. Die dunklen Wolken waren Warnung genug gewesen, aber er hatte sie ignoriert. Ein Lichtpfeil zuckte über den Himmel und im nächsten Moment grollte ein Donnerschlag über den Berggipfel hinweg. Stachus ging weiter. Sollte ihn doch der Blitz treffen, dann wären seine Probleme gelöst. Noch besser wäre, der Blitz würde Senta treffen, dann wären seine Probleme auch gelöst, ohne dass er sich selbst darum kümmern müsste.

DAS ERSTE FAMILIENFEST

Rosa klopfte zeitgleich mit einem dunklen Donnerhall an die Tür von Johns Hotelzimmer.

»Das ging im Gewitter unter«, meinte Matilda, die danebenstand, und pochte nun selbst beherzt an die Zimmertür. Sekunden später öffnete John. Er hatte auf die beiden gewartet.

Für einen Moment standen alle drei zwischen Tür und Angel, bis Rosa das Kommando übernahm und die kleine Familie zur Sitzgruppe im Hotelzimmer dirigierte. Aus ihrer großen Tasche zog sie eine Flasche Champagner im Kühlrock, holte Gläser aus der Minibar und sagte: »Wir haben etwas zu feiern! Unser erstes Familienfest!« Es wurde eine tränenfeuchtfröhliche Party, das Unwetter vor dem Fenster störte die drei nicht.

DU HÄTTEST TOT SEIN KÖNNEN

Der Regen hatte den Weg mit einem schmierigen Film aus Sand und Erde überzogen. Stachus versuchte die Balance zu halten und scheiterte. Er rutschte auf seiner Beinprothese, stürzte nach vorne und schlug mit dem Kopf auf einen Felsen, bevor seine Arme den Fall abbremsen konnten. Stachus schrie auf vor Schmerz und verlor das Bewusstsein.

»Steh auf, hier draußen holst du dir den Tod.«

War das Ambrosinas Stimme? Holte sie ihn ins Himmelbett?

»Beweg deinen Arsch, ich kann dich nicht tragen.«

Nein, so hätte seine Frau nie mit ihm gesprochen. Es musste eine andere sein und noch bevor er die Augen öffnete, wusste er, wer neben ihm kniete: Senta.

»Du alter Depp! Bei diesem Wetter und mit einem Bein auf den Berg zu gehen, aber zum Glück habe ich es kommen sehen.«

»Bist halt doch weitsichtig«, stöhnte Stachus, als er versuchte, auf die Beine zu kommen.

»Was man von dir nicht sagen kann.«

»Musst du immer so hart zu mir sein?«

»Ja, weil du nicht weiter schauen kannst, als bis zu deiner Schwanzspitze.«

»Senta, in deinem Alter redet man nicht mehr so.«

»In meinem Alter redet man, wie man will, und jetzt reiß dich zusammen und komm.« Mit einer erstaunlichen Kraft zog sie ihn hoch. Dann zögerte sie. »Du hättest tot sein können«, überlegte sie laut und rieb ihren Schuh in den matschigen Grund. Sie suchte einen stabilen Halt und holte tief Luft. Ihre Hände krallten sich um Stachus' Oberarme und hielten ihn fest. Er fühlte sich immer noch benommen und war ihr dankbar für die Stütze. Über sein rechtes Auge lief Blut, trotzdem wollte er keine Schwäche zeigen. Mit einem Ruck drehte er sich wieder zum Berg, um vorauszugehen. Doch schon im nächsten Moment stürzte er wieder und schlug mit dem Hinterkopf auf denselben Stein, der ihm schon die Stirn aufgerissen hatte.

ER KONNTE NICHT ANDERS

»Ich würde es so gerne tun, aber ich bring es nicht über mein Herz«, sagte Senta und zog ihren Schwager hoch. Jetzt sah er ein, dass er Hilfe brauchte. Auf ihre Schulter gestützt schaffte es Stachus, bis zu ihrer Almhütte zu wanken. Sie war nicht mehr weit. Senta nahm eine Wolldecke von der Eckbank, warf sie ihm zu und sagte: »Ausziehen!«

Suchend sah er sich um. »Wo?«

»Hier, wo sonst?« Sie schaute ihn weiter an. Er legte seine Trachtenjacke ab, schlüpfte aus seinem Hemd und lockerte seinen Gürtel. Senta beobachtete jede Bewegung genau.

»Geh, schau halt weg«, forderte er.

»Du warst doch früher nicht so gschamig«, erinnerte ihn Senta. In den Augen seiner Schwägerin blitzte etwas auf, was er dort schon lange nicht mehr wahrgenommen hatte. Zärtlichkeit und Zuneigung. Liebe? Er wusste nicht, warum er es tat, aber er konnte nicht anders: Er ging auf sie zu und nahm sie in die Arme. Es war eh' schon alles egal. Sie wehrte sich nicht.

Später reinigte Senta seine Wunden und strich Kräuterpasten darauf. Stachus' Magen knurrte laut. »Ich könnte dir eine Schwammerlsuppe machen«, bot Senta an.

DAS HATTE SIE NICHT GEWOLLT

»Es ist Klemens«, sagte Rosa mit einem Blick auf ihr Handy und zog sich ins Bad von Johns Hotelzimmer zurück. Vater und Tochter ließ sie allein. Sie hatten sich Jahre zu erzählen, ihnen würde es gewiss nicht langweilig werden.

»Hallo Klemens!« Aus ihrer Stimme strömte schweres, klebriges Schuldgefühl. Es hatte sich in den vergangenen Tagen angesammelt und reichte vermutlich für die kommenden Jahrzehnte.

Klemens blieb sachlich. Da Stachus nicht zu erreichen war, wollte er die aktuellen Ermittlungsergebnisse mit ihr teilen: Henrys Tod war kein Selbstmord. Es steckten die drei Männer dahinter, die John in der Kirche angegriffen hatten. Nachdem die Beweislage eindeutig war, hatten sie zugegeben, dass sie dem »Amigo der Ausländer« einen Denkzettel verpassen wollten. Das mit dem Südtiroler, den Henry im Sturz erschlagen hatte, tat ihnen leid. Gegen Südtiroler hatten sie nichts, beteuerten sie, aber gegen einen wie Henry, der Menschen mit einer kriminellen Zukunft die Fäuste schärfte, schon. Das sei nichts anderes, als den Feind mit Waffen zu versorgen und damit Verrat, hatte der Anführer der drei gemeint. Was auf Verrat stünde war klar, trotzdem sei es ein Versehen gewesen, das mit dem Südtiroler, weil sie sich natürlich nichts zuschulden kommen lassen wollten. Sie seien schließlich Ehrenmänner.

»Ich denke, das solltest du wissen«, sagte Klemens und beteuerte, dass John unter diesen Umständen nichts zu befürchten hätte. Die drei würden keine Anklage gegen ihn erheben, davon hatte ihr Anwalt abgeraten.

»Aber warum war Henry auf dem Parkdeck«, fragte Rosa. »Er hatte doch gar kein Auto.«

»Die drei lockten ihn nach oben, indem einer mit verstellter Stimme und fingiertem Akzent um Hilfe rief.«

»Danke«, sagte Rosa. »Wir müssen reden.«

»Erspar uns das. Es würde nichts besser machen.«

»Es tut mir so leid.«

»Wenigstens du hast dein Glück gefunden. Hast ja lange genug darauf gewartet.«

»Klemens …«

»Leb wohl!«

»Ich wünsch dir alles Gute.«

»Das Gute warst du für mich.« Dann legte er auf und Rosa ging in die Knie, zwischen Badewanne und Toilette. Das hatte sie nicht gewollt. Nicht so.

WIE VOR EWIGEN ZEITEN

Stachus setzte sich an Sentas Tisch, aber Schwammerlsuppe wollte er keine. Seine Schwägerin holte Speck und schnitt ihn in feine Scheiben, dabei fing sie an zu erzählen, von Ambrosina, die erst nur alles geahnt und schließlich alles gewusst hatte. Von Magda, die Ambrosina über zehn Jahre lang erpresst hatte. Von Ambrosina, die Magda Schweigegeld gezahlt hatte. Und von der Krankheit, die alles verändert hatte: Als bei Magda Krebs diagnostiziert wurde, plante sie ihr großes Finale und zog von Berlin zurück nach Rosenheim. Sie wollte aufräumen in ihrem Leben und das bedeutete: ihren Sohn und sich selbst an den richtigen Platz zu rücken. Ihre Tochter Rosa war schon da, wo sie hingehörte.

»Ich war Schwammerl suchen und kam gerade aus dem Wald zurück, als Magda vor der Hütte auf mich wartete. Sie hatte sich entschlossen, ›die Wahrheit öffentlich zu machen‹ und wollte meinen Segen. Sie glaubte mich auf ihrer Seite und ich ließ sie in diesem Glauben. Zum Abschied bat sie mich um ein paar Schwammerl, weil mein Korb voll prächtiger Exemplare war. Ich kenn eben die besten Gebiete. Also bin ich in die Hütte, habe einen kleinen Korb geholt und meine Ernte geteilt. Vielleicht war ein giftiger dabei. Das nennt man Schicksal.«

»Du hast Magda auf dem Gewissen«, sagte Stachus.

»Auf dem Gewissen hast du sie.«

Er nickte.

Senta schob ihrem Schwager das Brett mit dem Speck hin, doch Stachus war der Appetit vergangen. Statt zum Speck zu greifen, nahm er Sentas Hand und sagte: »Jetzt sitzen wir wieder zusammen. Wie vor ewigen Zeiten.«

LIEBER HINLEGEN ALS HINFALLEN

Gleich würden die Boxkämpfe beginnen. Wütend stapfte Matilda Richtung Herbstfest. Am liebsten würde sie Rupert eigenhändig die Fresse polieren. Ihr ehemaliger Musiker reagierte auf keinen Anruf. Valentin auch nicht. Nun gut, sie wollten nicht mehr mit ihr in einer Band spielen. Die *Rosenheimer Ramasuri* waren Geschichte. Schade, aber sie konnte sich auch alleine auf der Bühne behaupten. Die frischgebackene Ehefrau des Münchner Fußballspielers hatte ihr einen Solo-Auftritt verschafft. Genauer: deren beste Freundin, die als Eventmanagerin arbeitete. »Mit oder ohne Alois im Background, wie es dir lieber ist«, meinte sie. Tja, lieber wäre es ihr mit Alois, aber sollte sie ihre Solokarriere im Doppelpack starten? Matilda musste darüber nachdenken, aber jetzt war kein guter Zeitpunkt dafür. Die Boxkämpfe würden gleich beginnen und Rupert sollte in den Ring steigen. Es war erst wenige Tage her, dass er sich den Kampf eingebrockt hatte, weil er Matilda für die abfälligen Worte des Haderlumpen rächen wollte. Vermutlich ließ er sich gerade die Handschuhe binden und bereute seine Courage. Matilda fühlte sich zur Anwesenheit verpflichtet. Außerdem würde sie Alois in der Festhalle treffen.

Da war er schon. Mit einem Grinsen wartete Alois am Eingang auf sie. In der Hand hielt er eine Leine, an deren anderem Ende ein Rauhaardackel zerrte. »Darf ich vorstellen: Develey. Wahrscheinlich, weil er immer den richtigen Senf dazu gibt.«

»Und wem gehörst du Wurst?« Matilda beugte sich zu dem Hund, um ihn zu streicheln.

»Valentin. Er hat gemeint, er braucht etwas Jüngeres mit Schwanz.«

Dann weihte er Matilda in seinen neusten Plan ein: Er wollte Develey mit Regenbogenhalsband auf sein nächstes Cover nehmen. »Weltoffenheit mit Witz garniert, das steht einem gstandenen Bayern wie mir gut. Ich verkauf mich halt gerne als bayrischer Kosmopolit, aber wem sag ich das?« Er küsste Matilda auf die Wange und wandte sich im nächsten Moment einer jungen Frau zu, die sich neben Matilda gestellt hatte und Alois um ein Autogramm in ihrem Ausschnitt bat. »Magst auch ein Bussi?«, fragte er großzügig, nachdem er ein Herz um seinen Namen gezeichnet hatte. Die Frau strahlte und Matilda machte den Weg frei.

Sie drängte sich durch die Schaulustigen zum Boxring und stieß dort mit Rupert zusammen. »Ich bin heute dein Groupie«, scherzte sie. Böse sein konnte sie plötzlich nicht mehr, immerhin war er ihretwegen in dieser Situation und vielleicht hatte er auch ein kleines bisschen recht, was Alois betraf. Rupert sah traurig aus.

»Henry wollte mir ein paar Tricks zeigen«, sagte er. »Aber dazu kam es nicht mehr.« Sein Gegner, Haderlump Matthias »Hias« Gschwendtner, wärmte sich auf der anderen Seite des Rings mit Witzen auf. Zumindest deuteten die Schenkelklopfer in seiner Gesellschaft darauf hin. Jetzt hatte er Matilda entdeckt und warf ihr eine Kusshand zu, bevor er zwinkerte. »Widerlicher Typ«, sagte Rupert.

»Deshalb stehst du hier.«

»Aber vermutlich nicht lange.«

»Du kannst doch nicht aufgeben, bevor du am Boden liegst.«

»Das könnte mir die Gesundheit retten.«

»Recht hast«, stimmte Matilda zu. »Besser hinlegen als hinfallen.« Sie teilte Henrys Grundhaltung: Nur zuschlagen, wenn dir nichts Besseres einfällt. »Zieh die Boxhandschuhe wieder aus«, forderte sie Rupert auf. Sie hatte plötzliche eine Idee. Eine geniale Idee, wie sie selbst fand. Sie flüsterte Rupert ins Ohr.

»Ich bin doch kein Feigling.«

»Das weiß ich, aber jetzt kannst beweisen, dass du auch kein Depp bist.« Dann weihte sie Rupert in ihren Plan ein.

DER MITTELFINGER

Rosa gab hektisch letzte Anweisungen im Bierzelt. Sie hatte es eilig, weil sie Rupert anfeuern wollte. Immerhin kannte sie den Bandkollegen ihrer Tochter seit Jahren und hätte zu gerne gesehen, wie sein Herausforderer, der Haderlump Hias, in die Knie ging. Das Gegenteil war zu befürchten. Hias war ein stadtbekannter Raufbold gewesen, bevor er auf Alkohol verzichten musste und sich in der Regionalpolitik positionierte, bereit zum Sprung auf die Landesebene. Seine Haderlumpen garantierten Wählerstimmen, deshalb schwang er den Taktstock, vermutete Rosa, und ärgerte sich, dass Stachus ihn trotzdem immer wieder für das Hirschvogel-Zelt engagierte. Auch für heute Abend. »Nicht trotzdem, sondern deswegen«, sagte er und es klang nicht wie eine Rechtfertigung, sondern wie eine Selbstverständlichkeit. Dabei hatte er sich heute Mittag noch über Hias' Auftritt im Flötzinger Zelt beschwert. Widersprüche gehörten seit neustem zu Stachus' Leben. Im Moment war er mit Senta unterwegs zum Riesenrad. »Erinnerungen auffrischen«, nannte er es und Senta stimmte mit einem Nicken zu. Es war das erste Mal, dass die beiden Einigkeit ausstrahlten, bislang hatte Rosa immer eine Spannung zwischen ihnen wahrgenommen.

»Come on, baby.« John wartete auf Rosa und sah auf die Uhr. »Der Boxkampf beginnt gleich.« Er nahm sie an der Hand und zog sie aus dem Zelt.

Aus der Menge hörte sie eine Stimme: »Die Männer fliegen nach Asien und die Frauen nach Jamaika.« Der Spruch schaffte es bis in Johns Ohren.

»Hör nicht hin«, sagte er und zeigte den Mittelfinger in die richtige Richtung.

»Den werden wir noch oft brauchen«, folgerte Rosa und küsste seinen Mittelfinger.

»Nicht mehr so oft wie früher«, freute sich John und hatte recht. Die Zeiten hatten sich geändert.

Und ihre Liebe? Rosa verkniff sich die Antwort. Sie hätte zu kitschig geklungen.

EIN URBAYRISCHES DUELL

Matilda stieg in den Ring und nahm dem Moderator das Mikrofon aus der Hand. »Es gibt eine Programmänderung«, kündigte sie an.

»Frauenboxen«, jubelte einer aus der Haderlumpen-Entourage. »Des mog i segn«

»Schwarz gegen Weiß!«, forderte Hias Gschwendtner aggressiv und Matilda musste sich bemühen ruhig zu bleiben und ihrem Plan zu folgen. Sie wollte mit anderen Mitteln kämpfen und rief den »Ersten inoffiziellen Gstanzlwettbewerb der Wiesn« aus. Die Zuschauer wussten nicht, was sie davon halten sollten. Ein paar klatschen, aber noch mehr murrten. Sie wollten Fäuste fliegen sehen, keine Noten. Matilda musste andere Worte finden.

»Es wird ein Kampf, der gnadenloser ist, als jeder Boxkampf, denn dieser Kampf wird nicht mit der Faust, sondern mit dem Kopf geführt. Hier kann sich niemand wegducken oder am Gegner festklammern. Es zählt allein die Reaktionsgeschwindigkeit, Witz und Geistesblitze. Gstanzl-Singen ist ein urbayrisches Duell. Ein echter Haderlump sollte davor keine Angst haben.«

Noch immer war das Publikum unentschieden. Die Chance, dass beim Singen Blut fließen würde, war gering. In diesem Moment sprang Alois auf die Bühne und nahm das Mikro. »Beim Gstanzl-Singen lässt sich beweisen, dass man wirklich etwas im Kopf hat. Und Gschwendtner …«, er wandte sich an den Haderlumpen hinter dem Ring, »… bei dir habe ich da so meine Zweifel. Ich weiß, es geht nicht nur mir so. Stimmt's Leute?« Er gab das Zeichen zum Applaudieren und riss die Mehrheit mit, als stände er auf der Showbühne. Ein Naturtalent. Eine Rampensaun. Matilda hatte noch nie daran gezweifelt. »Rupert, traust dich gegen das geistige Schwergewicht hier?«

Rupert antwortete mit einem ersten Gstanzl:

»Das Schwergewicht vom Gschwendtner
liegt in der Mitte ganz bestimmt.
Du musst ja nur schauen,
wie seine Wampe rumschwingt.«

Die ersten fingen im Publikum an zu lachen. Und Alois und Matilda stimmten den Refrain an. »Holladihia, holladiho, holla di hopsassa, holla di ho.«

Rupert sah den Haderlumpen herausfordernd an. »Was ist? Traust dich oder geht dir der Arsch auf Grundeis?«

»Na, dir werd ich zeigen, was ein echter Haderlump ist.« Jetzt erhob Hias die Stimme:

»Bist ein elender Feigling,
eine ganz dumme Sau,
dass du in die Matilda verliebt bist,
das weiß ich genau.«

Rupert zuckte, aber Alois rettete die Situation. Bevor er den Refrain anstimmte, meinte er zum Publikum: »Die Matilda hat euch ja versprochen, dass es zur Sache geht.«

Die ersten Rufe nach Zugabe waren zu hören. Je tiefer die geistige Einstiegshürde sank, umso mehr konnten dabei sein.

»Der Gschwendtner, der denkt nur
in Schwarz und in Weiß,
drum ist seine Politik
auch ein ganz großer Scheiß«, konterte Rupert.

»Die eine hat ihn verlassen,
die Matilda mag ihn nicht.
Darum macht unser Rupert,
so eine deppertes Gesicht«, schlug Hias zurück.

»Der Haderlump kann nur beißen,
was anderes kann er nicht.
Der eine geht zum Scheißen,
bei ihm kommt's aus dem Gesicht«,
griff Rupert wieder an.

Gschwendtners Gesicht färbte sich Rot. Diesen Schlag wollte er nicht mit Worten wegstecken. Er schwang die Faust. »Zeit zum Kämpfen«, brüllte er und stürzte sich auf Rupert.

Alois riss ihn zurück und verkündete: »Der Gschwendtner ist am Ende seiner Weisheit. Er gibt auf. K.o.!«

»Ich will kämpfen«, brüllte der Haderlump und sprang wild auf und ab.

Matilda sah, wie sich ihr Vater durch die Menge schob. John Williams rief: »Hier kommt dein Gegner.« Die Menschen im jubelten. Jetzt würden sie doch noch Blut sehen.

DIE GONDELFAHRT

John hatte den Haderlumpen mit einem Schlag in den Schlaf befördert. Es war eine leichte Übung gewesen, aber nun stand er vor einer wahrlich schwierigen Aufgabe, die keiner Faust, sondern einer offenen Hand bedurfte. Eines Ringfingers, um genau zu sein. Fast vier Jahrzehnte hatte er darauf gewartet. Jetzt durfte nichts mehr schiefgehen. Seine Hände zitterten, als er die beiden Tickets für das Riesenrad bezahlte. Die Schlange zwischen Kasse und Einstieg war kurz. Mit einem großzügigen Trinkgeld im Voraus hatte John dafür gesorgt, dass sie ungestört sein würden. Er und Rosa hatten eine Gondel für sich. Da saßen sie nun schweigend, unter sich die Lichter des Herbstfestes. Er fasste an das goldene Kreuz um seinen Hals und betete lautlos, dass ihn sein Gefühl nicht trog, seine Gewissheit nicht Wunschdenken war und sich nicht noch einmal alles ändern würde, so wie damals. Von der Seite sah er Rosa an. Er sah die Spuren der Zeit, die Falten um ihre Augen, das Grau am Ansatz ihrer Haare, das Dekolleté, das mit den Jahren weich geworden war. Mit der Hand strich sie ihre Haare zurück. Er entdeckte kleine Flecken, hingetupft von der Zeit.

»Warum schaust du mich so an?«, wollte Rosa wissen.

»Weil ich so viel versäumt habe.«

»Immerhin bleiben dir die Spuren«, lachte sie. Er nahm sich vor, jede einzelne zurückzuverfolgen. Es würde ihm nicht schwerfallen, denn darunter fühlte er die junge Frau Anfang 20, in die er sich verliebt hatte.

»Ich liebe, was ich sehe«, sagte John.

»Was anderes habe ich auch nicht zu bieten«, meinte Rosa.

Die Gondel stoppte in der Luft. Darauf hatte John gewartet. Er ging auf die Knie: »Bitte heirate mich! Endlich!«

GLÜCK GENUG

Schon wieder eine Programmänderung im Hirschvogel-Zelt. Stachus hatte die Haderlumpen vom Spielplan gestrichen, ihr Dirigent war nach dem Boxkampf mit John ohnehin außer Gefecht. Außerdem gab es etwas zu feiern: Seine Tochter würde heiraten, wenn auch nicht den Mann, den er sich gewünscht hatte. »Hauptsache, das Mädchen ist glücklich«, prostete er erst Ambrosina oben im Himmel zu und dann ihrer Schwester Senta, die am Ausschank neben ihm stand. Sie waren dabei, Freunde zu werden. Mindestens. Freunde könnte er gebrauchen, denn, dass seine Tochter Rosa bei ihm bleiben würde, bezweifelte er.

»Ich muss endlich meinen Weg gehen«, hatte sie verkündet. Was für eine Einsicht für eine Frau, die auf die 60 zuging! Dafür ließ sie ihn, das Wirtshaus und die Brauerei im Stich, aber Hauptsache, das Mädchen war glücklich.

Er prostete erneut zur Seite und dann nach oben. Aus Versehen hatte er die Reihenfolge geändert.

»Ob das gut geht?«, fragte er Senta, die neben ihm stand.

»Wenn Rosa ihm verzeihen kann, solltest du es auch versuchen«, meinte sie. Wahrscheinlich hatte sie recht.

Auf der Bühne standen Matilda, Alois, John und Rupert. Valentin gesellte sich mit seinem Dackel dazu. Der arme

Hund musste ein buntes Halstuch tragen. Zusammen kündigten sie ein spontanes Wunschkonzert an. Das erste Stück war allerdings bereits vergeben. Stachus hatte das Fliegerlied als Bedingung an die Programmänderung geknüpft. Bei der Zeile »Ich bin stark, stark, stark wie ein Tiger« spielte sich Alois in den Vordergrund, was anderes hatte Matilda nicht erwartet, aber heute wollte sie sich amüsieren. Was morgen war? Sie wusste es nicht, dieser Tag war Glück genug. Für jetzt. Erst recht, als sie Alois ins Mikrofon brüllen hörte: »Darf ich vorstellen: Meine Vorgruppe für den Zirkus Krone: Matilda und die *Rosenheimer Ramasuri*!« Rupert lachte ihr zu. Sie waren wieder eine Band. Im Publikum winkte Karola. In diesem Moment war das Leben perfekt.